莫泊桑
中短篇
小说全集

CONTES ET
NOUVELLES DE
GUY DE MAUPASSANT

莫泊桑中短篇小说全集

CONTES ET
NOUVELLES
DE GUY DE
MAUPASSANT

无用的美貌
L'Inutile Beauté

［法］莫泊桑 ◆ 著　　张英伦 ◆ 译

Guy de Maupassant
CONTES ET NOUVELLES DE GUY DE MAUPASSANT

图书在版编目（CIP）数据

无用的美貌／（法）莫泊桑著；张英伦译. -- 北京：人民文学出版社，2025. -- （莫泊桑中短篇小说全集）.
ISBN 978-7-02-019052-2

Ⅰ．I565.44
中国国家版本馆CIP数据核字第2024X5S944号

责任编辑　黄凌霞
装帧设计　刘　远
责任印制　张　娜

出版发行　人民文学出版社
社　　址　北京市朝内大街166号
邮政编码　100705

印　　刷　北京新华印刷有限公司
经　　销　全国新华书店等

字　　数　1403千字
开　　本　787毫米×1092毫米　1/32
印　　张　91.5　插页30
版　　次　2025年2月北京第1版
印　　次　2025年2月第1次印刷

书　　号　978-7-02-019052-2
定　　价　398.00元

如有印装质量问题，请与本社图书销售中心调换。电话：010-65233595

吉·德·莫泊桑
Guy de Maupassant
1850—1893

译者摄于巴黎卢森堡公园

张英伦

作家、法国文学翻译家和研究学者、中国作家协会会员、旅法学者。

◆ 一九六二年北京大学西语系法国语言文学专业本科毕业。一九六五年中国社科院外国文学研究所研究生毕业。曾任中国社科院外国文学研究所研究生导师、外国文学函授中心校长、中国法国文学研究会常务副会长、法国国家科学研究中心研究员。

◆ 著作有《法国文学史》（合著）、《雨果传》、《大仲马传》、《莫泊桑传》、《敬隐渔传》等。译作有《茶花女》（剧本）、《梅塘夜话》、《莫泊桑中短篇小说选》、莫泊桑中短篇小说分类五卷集、《奥利沃山》等。主编有《外国名作家传》、《外国名作家大词典》、"外国中篇小说丛刊"等。

保尔·奥朗道尔夫插图本《无用的美貌》卷封面

L'Inutile Beauté

Par Guy de Maupassant

Librairie Paul Ollendorff (1904)

Illustrations de Maurice de Lambert

Gravées sur bois par Georges Lemoine

本书根据法国保尔·奥朗道尔夫出版社出版的
插图本莫泊桑全集《无用的美貌》卷（1904）翻译

插图画家：莫里斯·德·朗贝尔
插图木刻家：乔治·勒姆瓦纳

译者致读者

吉·德·莫泊桑(1850—1893)是十九世纪法国文坛一颗闪耀着异彩的明星,他的《一生》《漂亮朋友》等均跻身世界长篇小说名著之林,而他的中短篇小说创作尤其成就卓著,影响广泛且深远,为他赢得"短篇小说之王"的美誉。

莫泊桑的中短篇小说深深植根于现实的土壤,题材广泛,以描摹他那个时代法国社会风俗为主体,人生百态尽在其中。对上流社会的辛辣批判和对社会底层的诚挚同情,是贯穿其中的令人瞩目的主线。他的慧眼独到的观察,妙笔生花的细节描写,在法国后期现实主义小说创作中出类拔萃,发扬法国文学的悠久传统,他的小说作品,无论挞伐、针砭、揶揄、怜悯,喜剧性手法是其突出的特色。

莫泊桑的中短篇小说,绝大部分首先发表于报刊,之后收入各种莫氏作品集。仅作家在世时自编的小说集就有十五种之多。

后世出版的莫泊桑作品集，影响最大的当推保尔·奥朗道尔夫出版社出版的《插图本莫泊桑全集》（1901—1912）。这套全集里的中短篇小说部分共十九卷，其中的十五卷篇目和目次均与莫氏自编本基本相同，即:《山鹬的故事》（1901）、《密斯哈丽特》（1901）、《菲菲小姐》（1902）、《伊薇特》（1902）、《于松太太的贞洁少男》（1902）、《泰利埃公馆》（1902）、《月光》（1903）、《图瓦》（1903）、《奥尔拉》（1903）、《小洛克》（1903）、《帕朗先生》（1903）、《左手》（1903）、《白天和黑夜的故事》（1903）、《无用的美貌》（1904）、《隆多利姐妹》（1904）；另有四卷为该出版社补编，即:《巴黎一市民的星期日》（1901）、《羊脂球》（1902）、《米隆老爹》（1904）、《米斯蒂》（1912）。这十九卷共收莫泊桑中短篇小说二百七十一篇。

我现在译的这部《莫泊桑中短篇小说全集》是以奥版《插图本莫泊桑全集》上述十九卷为蓝本，另将奥版未收的三十五篇作为补遗纳入十九卷中的九卷；迄今发现的三百零六篇莫氏中短篇小说尽在其中，并配以奥版的部分插图，可谓图文并茂。我谨将它奉献给我国无数莫泊桑作品的热情爱好者。

小说集《无用的美貌》最早于一八九〇年四月由维克多·阿瓦尔出版社出版,是莫泊桑生前亲编的最后一部中短篇小说集,共收十一篇。莫泊桑一八八九年年中以来发表的中短篇小说,除了收在小说集《左手》中的以外,其他篇目都收在本卷里了。虽是绝唱,却绝非强弩之末,从头至尾佳作连绵,说明他的中短篇创作的艺术活力并未衰减。只可惜作家病情的急剧加重把它在高峰戛然中断。我译的这卷《无用的美貌》是奥版插图本的完整再现,它保持了莫泊桑亲编的篇目。

一八九〇年三月十七日,莫泊桑在给出版家阿瓦尔的信中对自己的新作《无用的美貌》大表满意,说这是他"从未写过的最罕见的小说"。莫泊桑涉及婚生和私生子的作品很多,经常是悲剧性的,但止于愤懑。像这篇小说的女主人公这样,对女性的不幸命运奋起反抗并取得胜利的结局,确属罕见。在这里,莫泊桑作品共有的喜剧属性也罕见地让位给了正剧。

莫泊桑的贴身男仆弗朗索瓦·塔萨尔在其关于主人的《回忆录》中写过:"他跟我说他刚从泰纳先生那里回来。'我去给他读了我的小说《橄榄园》,'他说,'他非常高兴。他向我宣称这是一部埃斯库罗斯式的杰作。'"一个人年轻时一时糊涂作下的孽，一辈子也难逃恶果。这不仅是悲观，而且是宿命了。莫泊桑和古希腊"悲剧之父"自然不可同日而语，但是《橄榄园》浸透着的悲观宿命的情绪，倒可以视为作家在其生命这个阶段的精神状况在写作中的反映。尽管在《苍蝇》《院长嬷嬷的二十五法郎》中，我们仍然可以看到那个顽强的欢快爱逗乐的莫泊桑。

如果说《谁知道呢？》属于奇异小说，它在奇异小说中堪称别具一格。作家，作为经验者的"我"，和他想象力产生的奇异情景是那么密切地融合，令人感到奇异的与其说是活动的家具，不如说是自以为看到家具活动的人，从而让人强烈地感到人的生活境遇的荒诞。安徒生和爱伦·坡在这里奇妙地相会，给读者前所未有的别样的美的感受和心灵的冲击。

读莫泊桑的作品，让我们深切地领略一个文学天才创造的世界，并生动地理解一个具有如此创造力的天才的人生。

张英伦

二〇二一年十一月三十日

目 录

无用的美貌　　　　　　001
橄榄园　　　　　　　　041
苍蝇　　　　　　　　　091
淹死的人　　　　　　　115
考验　　　　　　　　　131
假面具　　　　　　　　151
一幅画像　　　　　　　171
残疾人　　　　　　　　183
院长嬷嬷的二十五法郎　195
一个离婚案件　　　　　209
谁知道呢？　　　　　　225

无用的美貌[*]

* 本篇首次发表于一八九〇年四月二日、四日、七日的《巴黎回声报》；同年首次收入维克多·阿瓦尔出版社出版的莫泊桑小说集《无用的美貌》。

1

　　一辆十分雅致的四轮敞篷马车，套着两匹矫健的黑马，等候在宅邸的台阶前。这是六月末的一天，下午五点半钟的光景，在环绕着庭院的屋顶之间，天空阳光灿烂，热浪翻腾，洋溢着欢乐的气氛。

　　德·马斯卡雷伯爵夫人出现在台阶上的时候，她的丈夫正从外面回来，走进能通车辆的大门。他停下来好几秒钟，打量着妻子，脸色变得有点苍白。她是那么娇媚、苗条，长长的椭圆面庞，象牙般白里透金的皮肤，灰色的大眼睛，乌黑的头发，都透露出雍容华贵。她径自登上马车，看也不看他一眼，仿佛根本就没有发现他似的。她的风度是那么卓尔不群，许久以来折磨着他的卑劣的妒意，又开始吞噬他的心。

他走上前，一边致礼一边问她：

"您这是去兜风吗？"

她唇边带着鄙夷的神气吐出四个字：

"明知故问！"

"是去树林①吗？"

"可能吧。"

"我可以奉陪吗？"

"马车是您的。"

他对这种语气已经见多不怪了，便登上马车，坐在妻子身旁，然后吩咐道：

"去树林。"

跟班跳上车夫旁边的座位，两匹马便习惯性地跺着前蹄，点着脑袋，神气活现地前行，直到拐上大街。

夫妻俩并肩坐着却互不搭理。他在寻思怎样找个话头，但是她始终板着面孔，弄得他也不敢开口。

他终于悄悄地把一只手溜过去，像是无意地轻轻碰了一下伯爵夫人戴着手套的手。但是她立刻把手缩回去，动作之

---

① 树林：指布洛涅树林，见11页注①。

快，表现出的厌恶之深，让他好一会儿不知所措，尽管他惯于专横跋扈。

无奈，他只好低声低气地说：

"加布里埃尔！"

她头也不回地问：

"干什么？"

"我觉得您很可爱。"

她根本不屑于回答，一动不动地倚靠在座位里，像个被冒犯了的王后。

他们正沿着香榭丽舍大街①向星形广场②中央的凯旋门③驶去。长街尽头的那座宏伟建筑，向晚霞染红的天空张开它巨大的拱门。太阳仿佛正对它直落下来，在天际洒下火一般的尘阵。

---

① 香榭丽舍大街：巴黎最繁华的一条东西向的林荫大道，约两公里长，东接协和广场，西连星形广场，是巴黎的一条重要的轴心。
② 星形广场：现名夏尔·戴高乐广场，是巴黎最重要的广场之一，广场中央矗立着凯旋门，由凯旋门向外放射出多条干道，呈星状。
③ 凯旋门：又称星形广场的凯旋门，巴黎的一座重要的纪念性建筑，在香榭丽舍大街的西端，位于星形广场的中央，由拿破仑决定兴建，以宣扬其武功。

车辆的大河浩浩荡荡，溅满了马具和车灯上的铜饰、银饰、晶体玻璃发出的反光，分成去树林和回城的两股车流。

德·马斯卡雷伯爵又说：

"亲爱的加布里埃尔。"

她再也忍不住了，恼火地回答：

"哎呀！让我清静一会儿吧，我求您了。现在，我连一个人坐在自己的马车里的自由也没有了。"

他装作没有听见，继续说：

"您从来也没有像今天这样漂亮。"

她想必是忍无可忍了，气冲冲地回答：

"您真不该发现这一点；我向您发誓，我再也不会任您摆布了。"

他显然大感意外，一时乱了方寸，一贯的粗暴本性又占了上风。他嚷道："这话是什么意思？"这一声大吼透露出的不是一个柔情的丈夫，而是一个暴虐的主人。

尽管在车轮的隆隆声中仆人们根本听不见，她还是压低了声音重复道：

"啊！这话是什么意思？这话是什么意思？我可算是又看到您的真面目了！您真要我告诉您吗？"

"是的。"

"把一切都告诉您?"

"是的。"

"把我成为您的残忍的自私自利的牺牲品以来,心中的全部感受都告诉您?"

他又是惊讶又是恼怒,脸涨得通红,咬牙切齿地咕哝道:

"是的,请说吧!"

他个子高高的,肩膀宽宽的,蓄着红棕色的大胡子,是一个美男子,一个翩翩绅士,一个堪称完美丈夫和优秀父亲的上流社会的男人。

自从驶出家门,她还是第一次转过脸来正面瞧着他,说:

"好吧!不过您将要听到的可都是些令您不愉快的话。反正我已经做好了一切准备,我会面对一切,我什么也不怕;时至今日,我谁也不怕,更不怕您。"

他也盯着她的眼睛看她,他已经气得发抖,喃喃地说:

"您疯了!"

"我没有疯,但是我再也不愿接受您十一年来强加给我的不断生育的磨难,再也不愿当这种可恶的苦刑的牺牲品。

总之，我要像社交场上的妇女们一样生活，我有这个权利，所有的妇女都有这个权利。"

他的脸突然又变得煞白，吞吞吐吐地说：

"我不明白。"

"不，您明白。我生下最后一个孩子已经三个月了；由于我仍然很美，而且无论您如何摧残也没能损害我的体形，就像您刚才见我在台阶上时所承认的那样，您一定认为又是让我怀孕的时候了。"

"您胡说八道！"

"一点也不。我今年三十岁，结婚十一年来已经生了七个孩子；可您还希望让我继续再生十年，直到您不会再嫉妒我为止。"

他抓住她的胳膊，紧紧捏着：

"我不许您再这样对我说下去。"

"可我偏要说到底，直到把我想说的话说完；您要是试图阻止我，我就提高嗓门，让坐在前面的两个仆人都听见。我让您上车就是这个原因，因为我有这些证人在旁边，可以迫使您听我说话，让您收敛一点。您听我说下去。先生，我一直对您很反感，也一直表现出我对您的反感，因为我从来不会假装。您不顾我的反对娶了我,您逼着我家境困窘的父母把我嫁给您,因为您很有钱。他们逼着我嫁给您,我只有伤心流泪。

"您就这样把我买了下来。可是一旦我落入您的手掌,一旦我开始成为您的配偶,准备和您相依为命,准备忘掉您使用的那些恫吓和强制的手段,只记得应该做一个忠实的妻子,尽我的一切可能爱您的时候,您却变得鼠肚鸡肠,嫉妒心比任何一个男人都重。那是一种密探般卑鄙、下流、无耻的嫉妒,对您来说是一种堕落,对我来说是一种侮辱。我结婚还不到八个月,您就怀疑我做了这样那样伤风败俗的事。您甚至话里有话地说给我听。真是太羞辱人啦!您发现这样奈何不了我,既妨碍不了我的美貌和受人喜爱,也挡不住人们在沙龙里和报纸上称我是巴黎最漂亮的女人之一,便竭力寻找让爱慕我的人远离我的办法,于是想出了一个阴损的招儿,让我在没完没了的孕育中过日子,直到所有的男人都讨厌我。啊!您别抵赖!在很长时间里我竟然根本没有发觉这一点,直到后来我才猜到了。您甚至还对您姐姐自吹自擂,她都告诉我了,因为她喜欢我,而且对您像村夫一样粗俗非常气愤。

"哦！您回想一下吧，我们三天两头争吵，多少次摔坏了门，砸坏了锁！十一年来您强迫我过的是什么样的生活啊，那简直就是一头被关在种马场里的种母马的生活。而一旦我怀了孕，您自己也厌恶我了，我就经常一连几个月再也见不到您。我被打发到乡下祖传的古堡里，去吃草，去放青，去下崽儿。不过当我又出现的时候，我还是容貌姣好，楚楚动人，不减当初，依然受到男人们的青睐。但就在我希望终于能够过一段社交场上有钱少妇的生活时，您又醋意大发，用您那卑鄙而又恶毒的欲望，重新开始折磨我。我敢说，此时此刻，您坐在我身边，正受着这种欲望的折磨呢。不过那不是要占有我的欲望，如果您只是想占有我，我是不会拒绝的，而您是要把我变得丑陋。

"除此之外，甚至还有那种可恶透顶、简直不可思议的事情，这是我过了很久以后才琢磨出来的。我现在已经变得聪明了，您的行为和思想我看得一清二楚：您那么想要孩子，是因为只有我肚子里怀着孩子，您才感到安全。您对孩子的喜爱里，充满了对我的仇恨，充满了只是暂时获得缓解的卑怯的恐惧，以及看到我大肚子时的窃喜。

"哦！这种窃喜，我已经在您的身上感到，在您的眼睛里看到，或者猜到不知多少次了。至于您的那些孩子，您爱他们并不是因为他们是您的血肉，而是把他们当作您的胜利。也就是说，是您战胜我，战胜我的青春，战胜我的美貌，战胜我的魅力，战胜人们对我的赞美，战胜那些在我周围窃窃私语而没有大声说出爱慕我的人的标志。您以有这些孩子为骄傲，您带他们去炫耀，您带他们乘敞篷马车去布洛涅树林①或者骑着驴子去蒙莫朗西②兜风。您领他们去剧院看日场演出，就是为了让别人看见您和他们在一起，让人说：'多好的父亲啊，'让人都这么夸奖您……"

他粗暴地抓住她的手腕，狠命地捏；她痛得说不出话来，仅仅从喉咙里发出一声嘶哑的呻吟。

而他压低了嗓门对她说：

"我爱我的孩子，您听着！您刚才对我说的那些话，身为一个母亲是可耻的。您是属于我的。我是主人……您的主人……只要我乐意，我可以要求您做我所要的任何事……

---

① 布洛涅树林：巴黎西面城边的一个树林，位于今第十六区，面积八百余公顷，内有湖泊，是昔日巴黎市民休闲的重要场所之一。
② 蒙莫朗西：巴黎北面的一个市镇，位于同名的树林旁，在今法兰西岛大区瓦兹河谷省。此处应是指蒙莫朗西树林。

而且法律……也是站在我这一边的。"

他用肌肉发达的手腕像铁钳一样夹住她的手,恨不得捏碎她的手指。她痛得脸色煞白,使尽气力也无法把手从这紧箍着她的老虎钳中挣脱出来;她痛苦得喘不过气,眼泪都流出来了。

"您看得很清楚,"他说,"我是主人,我是强者。"

他把捏住她的手放松了一点。她又说:

"您认为我是个虔诚的教徒吗?"

他有些意外,结结巴巴地说:

"当然。"

"您认为我相信天主吗?"

"当然。"

"如果我在一个存放着基督圣体的祭坛前向您发誓说出一件事,您还会认为我可能是在撒谎吗?"

"不会。"

"您愿意陪我去一下教堂吗?"

"去做什么?"

"到时候您就会知道。您愿意吗?"

"如果您坚持要去,那好吧。"

她提高嗓门喊了声：

"菲利普。"

车夫眼睛没有离开他那两匹马，只微微扭了一下脖子，就像只把一个耳朵转向女主人。女主人接着说：

"去圣菲利普·迪鲁勒教堂①。"

已经快到布洛涅树林入口的四轮敞篷马车，又转回头向巴黎驶去。

在这段新的行程中，妻子和丈夫再也没有说一句话。后来，马车停在教堂门外，德·马斯卡雷伯爵夫人先跳下车，走进去。伯爵滞后几步，也跟了进去。

她不停步地一直走到祭坛的栅栏前，扑通跪在一张矮椅上，两手捂着脸，祈祷起来。她祈祷了很久；而他，站在她身后，终于发现她在哭。她无声地哭泣着，就像悲伤欲绝的女人们那样哭泣着。她的整个身体起起伏伏，每次发出的低低的抽噎，都淹没在她的手指下。

不过，德·马斯卡雷伯爵却认为这个场面持续得太久

---

① 圣菲利普·迪鲁勒教堂：位于巴黎第八区的一座天主教教堂，建于十八世纪末。

了,碰了碰她的肩膀。

这轻轻一触,就像火烧一样唤醒了她。她站起身,凝视着他。

"我要对您说的就是:我什么也不怕,您爱怎么办随您的便。您乐意的话,就把我杀了。您的孩子中间,有一个不是您的。我当着上帝的面向您发誓,这是真的。这是我对您、对您公兽般可恶的暴虐、对您强加给我的不断生儿育女的苦役,唯一能够做出的报复。我的那个情夫是谁?您永远也不会知道!您去怀疑所有的人吧,但您绝对发现不了是谁。我委身于他,不是出于爱情,也不是为了快乐,仅仅是为了欺骗您。而他,他让我生了一个孩子。哪一个孩子是他的呢?您永远也不会知道。我有七个孩子,您就去找吧。这件事,我原打算以后,很久以后再告诉您,因为要想用欺骗的方法报复一个男人,必须让他知道受了骗。今天您逼着我对您说实话,我说完了。"

说完,她便穿过教堂,向朝着街的那扇门逃去,心想一定会听到受到挑战的丈夫在她身后急促的脚步声,自己一定会被他一拳打晕,瘫倒在铺路石上。

但是她什么声音也没有听到。她走到马车边,一步登上马车,神情紧张,怕得喘不过气来,对车夫喊了一声:

"回公馆!"

两匹马大步疾驰地出发了。

2

德·马斯卡雷伯爵夫人把自己关在房间里,等待着开晚饭的时间,就像被判了死刑的犯人等待着行刑时刻的到来。他会怎么办呢?他回来了吗?这个发起火来什么凶狠粗野的事都干得出来的暴君,又谋划了什么,预备了什么,决定了什么?宅邸里一片寂静,她频频地看着挂钟的指针。贴身女仆来帮她换完晚上的装束,又走了。

八点的钟声响起,几乎就在这同时有人敲了两下门:

"进来。"

膳食总管走进来,说:

"伯爵夫人,请用餐。"

"伯爵回来了吗?"

"回来了,伯爵夫人。伯爵先生已经在餐厅了。"

她曾有几秒钟的时间想过带上一把小手枪,那是不久以前她内心深处预见到会发生这场悲剧的时候买的。不过她想到孩子们都会在那儿,便什么也没带,只拿了一小瓶嗅盐①。

她走进餐厅时，丈夫正站在她的座位旁等候。他们轻声互相致意，然后就各自坐下。接着，孩子们也各就各位。三个儿子和他们的家庭教师马兰神父坐在母亲的右边；三个女儿和英国女教师史密斯小姐坐在她的左边；最小的孩子，一个只有三个月大的男孩，单独跟奶妈待在房间里。

三个女儿都是金黄色的头发，年龄最大的才十岁。她们全都穿一身镶白色小花边的蓝衣裳，就像一群精美的玩具娃娃。最年幼的还不到三岁。三姐妹年龄虽小却个个都长得很俊，看得出将来一定会像她们的母亲一样美。

三个儿子，两个是栗色的头发，最大的一个九岁，头发已经变成褐色，似乎预示着将来都是体格强壮的男子汉，身材魁梧，膀大腰圆。整个家庭看来就是源于同一个强劲而又旺盛的血脉。

神父就像没有客人时那样照例诵起饭前经，因为如果有外人在，孩子们是不上桌的。念完经，大家便开始进餐。

---

① 嗅盐：一种以碳酸铵和香料为主配制成的药品，人用鼻子闻了以后有刺激作用，特别用来减轻昏迷或头痛。十九世纪西方贵族妇女穿紧身服装会造成呼吸困难，故有随身携带嗅盐的习惯。

伯爵夫人被一阵前所未有的感情折磨着，始终低着眼睛。伯爵则时而审视三个儿子，时而打量三个女儿，把满眼狐疑、闷闷不乐的目光不停地从一张面孔移向另一张面孔。突然，他把高脚玻璃杯往自己面前一杵，杯子碎了，红色的酒洒到桌布上。这轻微的事故发出的轻微声响，让伯爵夫人吃了一惊，在座椅上跳了一下。他们的目光这才第一次相遇。而后就不时地，尽管他们都情不自禁，尽管每一次对视都会令他们慌乱、让他们心惊肉跳，他们的目光再也没有停止过像交叉的手枪枪管似的互射。

神父感到气氛有点尴尬，却又猜不出是什么原因，便尽力东拉西扯地找些话题。可是，任凭他口若悬河，他的徒劳尝试也没能调起一点兴味，引出一个话头。

出于女性的直觉和社交场妇女的本能，伯爵夫人有两三次曾经想回应神父，但她做不到。她正处在精神错乱之中，根本找不到合适的话；而且偌大的餐厅很肃静，只有银质刀叉轻轻磕碰盘子的响声，她讲话的声音会让她自己都害怕。

突然，她丈夫向前俯过身来，对她说：

"此时此地，当着您孩子们的面，您敢对我发誓，您刚才对我说的话是真的吗？"

已经在她心中躁动的仇恨突然让她怒不可遏，就像她刚才对伯爵以眼还眼一样，她以同样无情的方式回答他的这个问题：她举起双手，右手伸向儿子们的额头，左手伸向女儿们的额头，以坚定、决绝、毫不示弱的语调说：

"我以我孩子们的脑袋发誓，我刚才对您说的全都是真的。"

他站起来，气急败坏地把餐巾往桌子上一摔，转身把椅子向墙根一推，一言不发地走了出去。

而她呢，就像初战得胜一样，长长地舒了一口气，然后用恢复了平静的语气说：

"没有什么大事，心肝宝贝们，你们的爸爸刚才遇到一件非常伤脑筋的事。他现在还很痛苦，不过再过几天就好了。"

接着，她就跟神父，继而又跟史密斯小姐叙谈起来。她还跟每一个孩子都说了些温存的话，做了些亲昵的表示，并且用母亲擅长的甜蜜宠爱让他们幼小的心里充满欢乐。

吃完晚饭，她就带领全家人来到客厅。她任随大孩子们去尽情聒噪，而她自己给最小的几个孩子讲故事。到了通常该就寝的时候，她就久久地和孩子们吻别，让他们各自回去睡觉，然后才独自回到自己的卧室。

她等待着，因为她毫不怀疑他会来。现在孩子们都不在她身边，她决心捍卫自己作为人的身体，就像她一直以来捍卫自己作为社交界妇女的生活一样。她把几天前买的那把小手枪装上子弹，藏到睡袍的口袋里。

时间一小时一小时过去，时钟一次又一次敲响。宅邸里的一切都已经归于平静，只有大街上还在行驶的马车，透过墙帷传来隐约、轻微、远远的车轮声。

她神态坚决、情绪紧张地等待着。她现在对他已无所畏惧，做好了面对一切的准备，并且几乎是胜利在握，因为她找到了一种让他这一辈子都时时刻刻受折磨的酷刑。

但是，晨曦已经从窗帘下摆的绒穗间溜进来，他还没有走进她的房间。这时，她惊讶地意识到他不会来了。她锁上门，推上特意叫人安装的门插，然后上了床，躺在那里，睁着眼睛思索。她不明白怎么会这样，更猜不到他会出什么招儿。

贴身女仆给她送茶来的时候，交给她一封丈夫的信。他向她宣布自己要去做一次相当长的旅行，并在 post-scriptum[①] 中通知她，他的公证人会提供给她所有的生活开支。

3

这是在巴黎歌剧院，《**魔鬼罗贝尔**》[②] 幕间休息的时候。正厅前座，男人们都站了起来，头上戴着礼帽，坎肩的胸口宽宽地敞开着，露出雪白的衬衫，衬衫上黄金宝石的纽扣光闪熠熠。他们仰望着坐满包厢的贵妇淑女。她们穿着袒胸露肩的华服，装饰着珠光宝气，就像这灯火辉煌的花房里盛开的花朵；而她们面庞的娇艳和肩膀的光彩，就像是为了供人们在音乐和喧哗声中观赏而绽放。

---

① 拉丁文，意为"信末附言"。
② 《魔鬼罗贝尔》：德国作曲家雅克布·梅耶贝尔（1791—1864）根据法国作家斯克里布和德拉维涅的脚本创作的五幕歌剧。

两个朋友，背向乐池，一边交谈，一边举着观剧镜贪婪地巡视着这红粉朱颜竞相争艳的画廊，环绕大剧场展示的所有那些真真假假的华饰、珠宝和自命不凡的神态。

其中的一个人，罗瑞·德·萨兰，对他的伙伴贝尔纳·格朗丹说：

"你看德·马斯卡雷伯爵夫人，她总是那么美。"

另一个也举起观剧镜细瞧。在正对面的包厢里，一个身材修长的女子，看来还很年轻，风姿绰约，吸引着剧场各个角落的目光。她皮肤白皙，有着象牙般的光泽，赋予她雕像般的风采。而她那夜色般漆黑的秀发上，戴着一个细长的彩虹形的冠冕式的头饰，镶满了钻石，像天上的银河在闪烁。

贝尔纳·格朗丹打量了一会儿，用调皮的语气回答，不过内心却是深信不疑：

"你说得不错,她的确很美!"

"她现在有多大年纪了?"

"等等。我这就准确地告诉你。她还是孩子的时候我就认识她了。我看到她初涉社交场的时候,她还是个少女。她现在……三十……三十……三十六岁。"

"这不可能。"

"我可以肯定。"

"她看上去才二十五岁。"

"而且她生过七个孩子。"

"真叫人难以置信。"

"而且七个孩子都活得很好,她是个非常善良的母亲。我偶尔去他们家,这是个令人愉快的家庭,很安宁,很和睦。在上流社会里,她实现了持家有方的奇迹。"

"这岂不是太匪夷所思了?难道就从来没有人说过她的闲话?"

"从来没有。"

"那么,她的丈夫呢?他一定是个很奇特的人,是不是?"

"说奇特也不奇特。他们夫妻之间也许有过小纠纷,可以想见的夫妻间的那种小纠纷。你永远弄不清是怎么回事,不过能多多少少猜测到一点。"

"什么纠纷?"

"我也不知道。马斯卡雷如今是个非常放荡的人,但他曾经是个完美无缺的丈夫。只不过当他是个好丈夫的时候,他的脾气坏透了,多疑而且易怒。自从他开始寻欢作乐,他变得大不一样;不过,好像有一桩心事、一个隐痛、一个遗憾在折磨他似的,他老了许多。"

说到这里,两个朋友又就那些难以弄清的隐秘的伤痛理论了几分钟。性格的差异,甚至最初没有觉察到的外貌上的反感,都可能在一个家庭里萌生出隐秘的痛苦。

罗瑞·德·萨兰一边用观剧镜继续审视德·马斯卡雷伯爵夫人,一边接着说:

"这个女人居然生过七个孩子,这真让人难以理解。"

"是的,在十一年的时间里。这以后,她就在三十岁那年结束了生育期,进入了再度风采照人的时期,而且这个新时期似乎还意犹未尽。"

"这些可怜的女人啊!"

"你为什么还替她们叫屈?"

"为什么?啊,我的朋友,你想想看啊!叫一个这样美

貌的女人频频地怀胎生育达十一年之久！这简直就是地狱的生活！她的全部青春、全部美貌、全部成功的希望，她对闪光生活的全部富有诗意的憧憬，都由于这可憎的生殖法则而牺牲了，这法则简直把一个正常女人变成了单纯用来生娃娃的机器。"

"你又能怎么办呢？这就是自然！"

"是的，不过我要说这自然是我们的敌人，必须永远和这自然做斗争，因为它总在不停地把我们降低到动物的水平。地球上所有纯洁、美丽、优雅、理想的东西，都不是天主的安排，而是人类，人类的大脑创造的。是我们人类在赞美自然，演绎自然，作为诗人欣赏它，作为艺术家把它理想化，作为学者诠释它。学者即便有时弄错，也常能为现象找到富有创造精神的理由，在创造里引入一点儿雅致、一点儿美、一点儿未曾有过的魅力和一点儿神秘。天主只创造出一些浑身充满疾病胚芽的粗野的人；这些粗野的人像禽兽那样发育几年以后，就会在残疾中衰老，显露出衰败的人类的各种丑态和全部无能。似乎天主创造他们，仅仅是为了肮脏地繁衍，随后便任其消亡，就像夏夜短命的飞虫。我刚才说'为了肮脏地繁衍'；我坚持我的说法。事实就是这样，还有什么比繁殖后代这猥亵、可笑的动作更无耻、更令人恶心的呢？难怪所有高尚的灵魂对这种行为都深恶痛绝，而且永远深恶痛绝。既然善于精打细算而又不怀好意的创世主发明的所有器官都有两种用场，为什么他没有选择别的不那么肮脏和醒酾的器官，来完成人类职责中最高尚、最令人激动的神圣使命呢？嘴吃下物质食粮既能供给全身营养，也能传播语言和思想。肌肉能自我恢复，同时也能交流思想。鼻子为肺提供维持生命的空气，也为大脑提供世界上所有的芳香，包括花卉、树木和大海的气息。耳朵让我们能和同类沟通，还让我们能发明出音乐，利用音响创造出梦幻、幸福、无限的东西，甚至感官的愉悦！阴险而又玩世不恭的创世主好像一心要阻止男人把他和女人的接触变得高尚、美好和理想。不过人类还是发现了爱情，这是对诡诈的天主的挺不错的反击。人类用诗一般的文学语言把爱情装扮得那么美妙，以致女人经常忘记自己被迫进行的是怎样一种接触。我们中间那些无法以自我吹嘘来自我欺骗的人，发明了罪恶，把放荡美化成优雅，又是一种嘲弄天主、向美表示敬意——一种恬不知耻的敬意的方式。

"可是正常人都会生儿育女，就像根据自然法则交配的禽兽一样。

"瞧这个女人！这颗珠宝，这粒生来就绚丽，备受人们爱慕、追捧和崇拜的珍珠，十一年的生命都在为德·马斯卡雷伯爵生产继承人中度过，一想到这里，岂不令人憎恶？"

贝尔纳·格朗丹笑着说：

"你说的话里确有很多是实情；不过很少有人能够理解你。"

萨兰越来越兴奋。

"你知道我把天主想象成什么样子吗？"他说，"就像一个我们还不了解的具有创造力的庞大器官，他在空间播撒下亿万个世界，就像一条独一无二的鱼在大海里产卵一样。他创造，因为这是他作为天主的职能。但他并不知道自己在干什么，只是在浑浑噩噩地大量繁殖，而对自己播撒下的无数胚芽的各种各样的组合全无意识。人类的思想只是他大量繁殖的产物当中偶然发生的一个幸运的小意外，一个局部、短暂、没有料到的小意外，注定要和地球一起消亡，也许在这里那里，以相同或不同的形式和永远重新开始的新组合一起重新出现。正由于智力的这个小小的意外，我们才在这世界上生活得很糟糕，因为这世界本来就不是为我们而创造的，不是为了接待、安置、养活和满足会思想的人而准备的。正由于这个小小的意外，既然我们成了真正机智和文明的人，我们就必须不停地对那些人们仍然称为'天意'的东西做斗争。"

聚精会神听着他讲话的格朗丹，早就领教过他的怪诞不经的高论，便问他：

"这么说，你认为人类的思想是天神盲目分娩的自发产物啰？"

"当然是！它是我们大脑的神经中枢的一个偶然发生的功能，就像新的混合物产生的意想不到的化学作用，就像摩擦和意外的接近发出的电，就像有生命的物质的无限而又富有繁殖力的发酵产生出的各种现象。

"而且，我亲爱的朋友，不论是谁，只要往周围看看，证据就一目了然。如果人类的思想是一个明智的造物主所希望的，它当初就应该是今天变成的这样，迥然有别于动物的思想和听天由命，勇于进取，喜欢探索，爱好行动，辗转思变，那么，为接待今天我们这样的人类所创造出的世界，怎么会是这仅适合小动物住的不舒适的小园子，这野菜地，这树木丛生、岩石密布的球形的菜地呢？而你们缺乏远见的'天意'就是规定了我们生活在这里，赤身露体，住在岩洞里或者树林里，吃被屠杀的我们动物兄弟的肉，吃阳光和雨水下滋生的野菜。

"所以只需思考一秒钟就能明白，这世界原本并不是为我们这样的造物而创造出来的。思想是通过我们脑细胞的神经性的奇迹而绽开和发展的，尽管它是而且将永远是那么无能、无知而又混沌，却把我们所有的人，特别是知识分子，变成了这地球上永恒的可怜的流放者。

"你看看这地球，天主给住在这儿的生灵准备的地球吧！这荒草漫野、林木滥生的地球，不就显而易见是专门为动物安排的吗？有什么是为我们而设的？一点也没有。而动物需要的却应有尽有：洞窟，树木，叶子，泉水，巢穴，饲料和饮料。因此，像我这样爱挑剔的人，永远也不可能在这里生活得舒畅。只有心甘情愿向动物靠拢的人才会高兴和满意。而其他人，诗人，优雅的人，富于梦想的人，勇于探索的人，不安于现状的人呢？……啊！这些可怜的人啊！

"我吃包心菜和胡萝卜，见鬼，还吃洋葱、萝卜和红皮小萝卜，因为我们已经被迫习惯了吃这些东西，甚至吃出了甜头，因为这地球上不生长别的东西；而这些东西本应是兔子、山羊的食物，就像草和苜蓿是马和牛的食物一样。我看着一片地里成熟的麦穗儿，会毫不怀疑这原是为了麻雀和云雀的喙，绝不是为了我的嘴而从泥土中长出来的。当我咀嚼面包的时候，我实际上是在盗窃鸟们的食物，就像我吃鸡肉的时候，实际上是在盗窃鼬鼠和狐狸的口粮。鹌鹑、鸽子、山鹑，岂不更应是鹰鹞的天然猎物？绵羊、狍子和牛，岂不更应是大型食肉动物的口中食？它们的肉不应该是养肥了让我们烧烤，就着猪特地为我们从泥土里拱出来的块菰①大吃大嚼的。

---

① 块菰：也称松露，一种一年生的天然真菌类植物，比较珍贵的调味品。法国民间常利用猪寻找和拱出泥土下的块菰。

"不过,我的朋友,动物在这个世界上除了活着并不需要做任何事。它们是适得其所,有吃有住,只需依随它们的本能,吃草,捕杀别的动物,互相吞噬,因为天主从来也没有预见过温柔和平的习俗,他只预见过互相残杀、互相吞食的生物的死亡。

"而我们则大不相同!啊!啊!我们必须工作、努力、有耐心、有创造力、有想象力、有技艺、有才干和天分,才能让这个布满树根和石头的土地变得勉强能够居住。请想一想,为了能够好歹安顿在一个几乎说不上干净、说不上舒适、说不上精致、仍然和我们不相称的环境里,我们做了多少违背大自然、对抗大自然的事啊!

"我们越有文化、越有智慧、越高雅,就越得克服和驯顺我们身上体现天主意志的动物本能。

"请想一想,我们必须创造出包括那么多、那么多形形色色事物的文明,从袜子到电话。请想一想你每天看到的这一切,以各种各样的方式为我们所用的一切吧。

"为了改善我们的原始人的命运,我们发明和创造出了一切,起先是房子,然后是美味的食品、糖果、糕点、饮料、酒、布、衣服、首饰、床、床绷、汽车、铁路、不计其数的机器；不仅这些，我们还发明了各种科学和艺术，写作和诗歌。是的，我们创造了艺术、诗歌、音乐、绘画。一切理想的东西都来自我们，生活中一切优美的事物也一样，例如女人的装束和男人的才干；它们总算通过少许的点缀，让神圣的'天意'注定我们过的简单繁殖的生活变得不那么赤裸、不那么单调、不那么苦涩。

"看看这个剧场吧！这里不就是一个由我们创造的人类世界吗？这是永恒的命运之神没有预见到的，也是他不了解的，只有我们人类的头脑才能理解它。这是一种既感性又理性的风流多情的娱乐，专门为我们这些不知足和不安分的小动物而发明，而且是由我们创造的。

"看看这个女人，德·马斯卡雷夫人。天主创造出她，本来是让她生活在洞穴里，赤身露体，或者裹着兽皮的。她现在这样不是更好吗？不过，既然又讲到她，有没有人知道，她那个畜生般的丈夫，身边有这样一个娇妻，为什么，又怎么会，特别是在相当粗野地让她做了七次母亲以后，突然撇下她，去寻花问柳的？"

格朗丹回答：

"喂！我的朋友，唯一的理由也许就在这里。他最后发现总睡在自己家里代价太大。他是出于节约家庭开支的考虑，得出你像哲学家一样提出的原理的。"

这时钟敲三下，最后一幕就要开始。两个朋友转回身去，脱下礼帽，又坐了下来。

4

看完歌剧院的演出，德·马斯卡雷伯爵和伯爵夫人在回家的双座马车里默不作声地并肩坐着。丈夫突然对妻子说：

"加布里埃尔！"

"干什么？"

"您不觉得这件事拖得太久了吗？"

"什么事？"

"这六年以来您让我受到的可怕的折磨。"

"有什么办法呢？我丝毫无能为力。"

"时至今日，请告诉我究竟是哪一个吧！"

"绝不。"

"请您想一想，每当我看到自己的孩子，感到他们在我周围，这疑问就让我心如刀割。请告诉我是哪一个，我向您发誓我一定会原谅，我对他会像对其他孩子一样好。"

"我没有这个权利。"

"您难道看不出，我再也不能忍受这样的生活了，这个疑问在蚕食我；每当我看着孩子们，我就不停地向自己提出这个疑问，这个折磨我的疑问。我都快发疯了。"

她问：

"这么说，您真感到痛苦了？"

"痛苦极了。否则，我怎么能忍受在您身边生活的恐怖，怎么能忍受这更可怕的恐怖：感觉到、明知道他们中间有一个不是我的，却因为弄不清是哪一个，而妨碍我爱其他的孩子。"

她再一次问：

"这么说，您真的很痛苦了？"

他用克制不住的痛苦的声音回答：

"当然了；我不是每天都在对您抱怨，这对我是难以忍受的酷刑吗？如果我不爱他们，我怎么还会回这个家，待在这座房子里，跟您和孩子们在一起？啊！您对我的态度真是太残酷了。您是知道的，我一心一意爱我的孩子们。对他们来说我是个老式的父亲，就像对您来说我是个老式家庭的老式的丈夫，因为我依然是一个按照本能行事的男人，一个自然的男人，一个旧时代的男人。是的，我承认，您让我非常嫉妒，因为您是一个素质和灵魂都与众不同的女人，连您的需求都与众不同。啊！您跟我说过的那些话，我永远也忘不了。不过，从那一天起，我对您已经无所谓了。我没有杀掉您，只是因为如果杀了您，在这世界上就再也没有办法弄清我们的孩子……不，您的孩子当中，哪一个不是我亲生的了。我一直在耐心等待，不过我受的痛苦是您想象不到的，因为我再也不敢爱我的孩子们，也许两个最大的除外；我再也不敢看他们、叫他们、吻他们，我再也不能把一个孩子放在膝头而心里不在嘀咕：'会不会是这一个呢？'六年以来，我对您的态度可谓得体，甚至和蔼和殷勤。请您把真相告诉我吧，我发誓绝不会伤害任何人。"

尽管马车里光线很暗，他还是猜想她一定受到感动，感到她终于要开口了：

"我求您，"他说，"我恳求您啦……"

她喃喃地说：

"我以前所做的也许比您想象的更应该受到谴责。但是我不能，实在不能继续那种无休止怀孕的令人厌恶的生活了。我只有一个办法把您从我的床上赶走。于是我在天主面前说了谎，我把手举到孩子们头上说了谎，实际上我从来也没有做过对您不忠的事。"

就像他们在树林散步的那个可怕的日子一样，他在昏暗中紧紧抓住她的胳膊，低声追问：

"真的吗？"

"真的。"

可是他，更加苦恼了，悲叹：

"唉！我又要陷入没完没了的新的疑问中了！您究竟哪一天是说谎呢？以前，还是今天？现在我怎么还能相信您呢？在发生了这些事情以后，怎么还能相信一个女人呢？在发生了这些事情以后，我再也不知道该怎么想了。我更希望您干脆告诉我：'是雅克或者是雅娜'。"

马车驶进宅邸的院子。马车停在台阶前面的时候，伯爵先下车，像平常一样把胳膊伸给他妻子，搀着她登上阶梯。

上到二楼，他问：

"我可以再跟您说一会儿话吗？"

她回答：

"好呀。"

他们走进一个小客厅，一个仆人有点诧异，连忙点亮蜡烛。

等只剩他们两个人的时候，伯爵接着说：

"怎么才能知道事情的真相呢？我千百次求您告诉我，您总是守口如瓶，滴水不漏，毫无反应，丝毫不讲情面；而今天您又对我说您过去是说谎。在过去六年的时间里，您已经让我深信的确发生过这样的事！不，您今天是说谎，我不知道为什么，也许是出于对我的怜悯吧？"

她态度真诚而又不容置疑地回答：

"可是如果我以前不那么做，六年里我又得生四个孩子。"

他大嚷：

"这是一个母亲说的话吗？"

"啊！"她说，"我不认为我是并没有出生的孩子的母亲；对我来说，做好我已有的孩子们的母亲，全心全意地爱他们，这就足够了。我是，我们是文明世界的妇女，先生。我们不再是，而且拒绝做仅仅为地球增添人口而繁殖的雌性动物。"

她站起来；但是他抓住她的两手。

"一句话，只要一句话，加布里埃尔，请告诉我真实的情况好吗？"

"我刚才已经对您说了，我从来没有做过对您不忠的事。"

他正面打量着她。她是那么美,那双灰色的眼睛像天空一样冷静。在她那一头乌发,像沉沉夜色一样的乌发里,缀满钻石的冠冕式的发饰熠熠闪烁,犹如一弯银河。这时,他通过直觉,突然感到眼前的这个生灵不再只是赓续他的家族的女人,而是许多世纪以来积累在我们身上的各种复杂欲望的奇特而又神秘的产物;这些欲望脱离了原始和神定的目标,在彷徨中追求一种神秘、隐约可见而又不可企及的美。就这样,她们成为这样一些女性,文明用它能够摆放在女人周围的全部诗歌、理想的华丽、娇媚和美学的魅力把她们装饰起来，她们成为仅仅为我们的梦想而绽放的花朵。女人啊，这肉体的雕像既能扇旺肉欲的烈火，也能激起非物质的欲望。

丈夫被这迟到的模模糊糊的发现惊呆了，一动不动地站在她面前。他似乎隐约地意识到自己以往嫉妒的原因，但还难以理解这一切。

他终于说：

"我相信您。我感觉到您现在没有说谎，而我以前认为，您一直在对我说谎。"

她向他伸出手，说：

"这么说，我们是朋友了？"

他握住她的手，吻了一下，回答：

"我们是朋友了。谢谢，加布里埃尔。"

说完，他就走出去，不过眼睛还一直看着她。他感到她还是那么美，不禁心醉神迷，一种也许比过去的单纯爱情更强烈的奇特激情，在他身上油然而生。

橄榄园*

＊ 本篇首次发表于一八九〇年二月十九日至二十三日的《费加罗报》；同年首次收入维克多·阿瓦尔出版社出版的莫泊桑小说集《无用的美貌》。

1

普罗旺斯①地区有个名叫戛朗杜的小海港，位于马赛②和土伦③之间，皮斯卡湾的深处。一天，海港上的人们远远望见维尔布瓦神父的船打鱼回来，便走下海滩帮他把船拉上岸。

船上只有神父一个人。他虽然已经五十八岁了，却少有

---

① 普罗旺斯：法国东南部的一个有着悠久历史和文化传统的地区，和意大利接壤，毗邻地中海，是从地中海沿岸延伸到内陆的丘陵地带。屡经变迁，今大部分划入普罗旺斯－阿尔卑斯－蓝色海岸大区。
② 马赛：法国东南部濒临地中海重要港口城市，今普罗旺斯－阿尔卑斯－蓝色海岸大区首府所在地，罗纳河口省省会。
③ 土伦：法国东南部濒临地中海重要港口城市和军港，今普罗旺斯－阿尔卑斯－蓝色海岸大区瓦尔省省会。

的身强力壮，像一个真正的水手一样划着桨。他的袖子在肌肉发达的胳膊上高高挽着，道袍的下摆卷起夹在两膝之间，胸前的纽扣解开了几个，三角帽放在身边的坐板上，头上戴一顶白帆布面的软木铜钟帽。他这副外表倒像是一个热带来的结实而又古怪的传教士，天生是搜奇探险的，而不是诵经礼拜的。

他不时地向身后望一眼，好辨清靠岸点；接着又开始有节奏、有章法而又很有力度地划起船来，再一次向那些蹩脚的南方水手显示一下北方人如何荡桨。

猛冲过来的小船触到沙地，在上面滑行，仿佛要用扎进沙里的龙骨爬越整个沙滩。接着它戛然而止。一直望着本堂神父划过来的那五个人马上围过来，他们个个都热情亲切、高高兴兴，对教士十分友善。

"喂，"其中一个人带着浓重的普罗旺斯口音说，"打了很多鱼吧，神父先生？"

维尔布瓦神父归置好船桨，摘下铜钟帽，换上三角帽，捋下胳膊上卷着的袖子，扣好道袍的纽扣，直到恢复了乡村住持教士的穿着和仪表，这才扬扬得意地回答：

"是呀，是呀，收获不小，三条狼鲈，两条海鳝，还有几条魟鱼。"

这时五个渔夫已经走到小船旁边；他们俯身在船帮上，带着行家里手的神气，端详着那些死鱼：膘厚肉肥的是狼鲈；脑袋扁平的是海鳝，一种非常丑陋的海蛇；紫色带有橘皮样金黄色"之"字条纹的是魟鱼。

他们中间的一个说：

"神父先生，我帮您把这些鱼送到您的小别墅去吧。"

"谢谢，我的朋友。"

神父跟他们握了手就上路了，一个人随他同去，其他人留下来收拾他的小船。

他迈着大步缓慢地行走，显得健壮而又庄重。刚才划桨使了那么大的力气，他还有些热，所以每走到橄榄树的稀疏的树荫下就摘下帽子，让满头短直白发的方脑门，那不像教士倒更像军官的脑门透透气。傍晚的空气依然热烘烘的，不过已经被海上吹来的微风稍稍缓和了一点。村庄出现了，它坐落在一个山冈上，下面是广袤的山谷，一马平川，向大海伸展下去。

这是七月的一个傍晚。绚烂夺目的夕阳已经接近远方群山的锯齿形的峰峦，把教士的身影斜射在灰尘覆盖的白色的路面上，长长的，几乎没有尽头；他的硕大无朋的三角帽在旁边的田野里移动，像一个大块的阴影在做游戏，遇到一棵橄榄树就敏捷地攀上去，接着又同样敏捷地跳下来，在树与树之间的地上爬行。

普罗旺斯地区的道路在夏季总是蒙上一层细微的尘埃。维尔布瓦神父脚下扬起的细灰在道袍周围形成一团烟尘，落在下摆上，给下摆染上一层越来越分明的灰色。他现在凉爽些了，走路的时候两手插在兜里，以一个往上坡走的山里人惯有的姿态，步伐慢而有力。他平静的目光注视着那个村庄，他当了二十年本堂神父的村庄；这村庄是他亲自选定的，经特别照顾才派给他，他希望能在这里终其天年。教堂，他的教堂，兀立在周围鳞次栉比的房屋构成的巨大圆锥之上，有棕色石头砌成的一大一小两个方形钟楼。钟楼的古老身影耸立在这秀美的南方山谷中，与其说是一座教堂的钟楼，倒更像是一座城堡的碉楼。

神父很高兴，因为他捕到了三条狼鲈、两条海鳝和几条舥鱼。

他很受人们的敬重，尤其是因为，尽管他已经到了这把年纪，他也许是当地最身壮力强的人。现在他又有一个新的小小的胜利，可以在教民们面前夸耀了。这类与人无害的小小的虚荣心，是他最大的乐趣了。他擅长手枪射击，能够射断花茎；他偶尔和隔壁的烟铺老板比试一下击剑，此人曾在军队里任过击剑教官；他的游泳本领在这一带海岸谁也比不上。

其实他曾是一个上流社会的人物，大名鼎鼎，风流倜傥，人称维尔布瓦男爵；在爱情生活中遭遇了一件伤心事以后，他在三十二岁做上了神父。

他出身于皮卡第①地区一个拥戴王室、笃信宗教的古老家族。几百年来，这个家族的许多子弟曾献身于军队、政府和教会。最初他想依照母亲的劝告进入教会，后来由于父亲坚持，才决定到巴黎攻读法律，以便将来在法院找个重要一点的职务。

但是就在他完成学业的时候，他的父亲去沼泽打猎得了肺炎，去世了；他的母亲伤心过度，不久也死了。于是，在突如其来地继承了一大笔财富以后，他放弃了从事任何职业

---

① 皮卡第：又译庇卡底，法国北方的一个地区，曾长期为一个省，后成为一个大区，下属三个省：埃纳省、瓦兹省和索姆省，二〇一六年并入上法兰西大区。

的计划，而满足于安享阔人的生活。

小伙子长得很帅，人又聪明，只是思想受到宗教信仰、传统观念和旧习陈规的限制，而这一切都是祖宗传下来的，就像他那皮卡第乡绅的发达的肌肉一样。不过尽管如此，他还是很讨人喜欢的，在正经的上流社会获得了一定的成功，领略了年纪轻轻就过上古板、阔绰而又受人尊敬的生活的滋味。

后来他在一个朋友家认识了一个年轻的女演员，一个音乐学院的十分年轻的学生，这女子刚在奥德翁剧院[①]出道就大放光彩；只和她会了几次面，他就坠入爱河。

---

① 奥德翁剧院：一座历史悠久的剧院，位于巴黎第六区。

他爱她爱得非常热烈；一个生来就笃信绝对观念的人，做事总是这样狂热。她第一次面对观众就大获成功，而他就是看了她演的那个浪漫角色而爱上了她。

她长得漂亮，可是天生邪恶，虽然生就一副天真烂漫的孩子般的外表，被他称作"天使的模样"。她把他完全征服了，把他变成了一个痴迷的疯子，一个狂热的膜拜者，这女人看他一眼或者向他亮一亮裙子，都会点燃他的致命的情欲的干柴。他于是收她做了情妇，让她离开舞台，在四年时间里，对她的爱与日俱增。可以肯定，要不是有一天他发现，她早就跟把她介绍给他的那个朋友有了奸情，他早晚会不顾家族的名声和传统娶她为妻子。

这出悲剧更可怕的是，她这时已经怀孕，他正等着孩子一出生就同她结婚。

当他意外地在抽屉里发现那些信件、手里拿到了证据的时候，他责怪她不忠、背信弃义、寡廉鲜耻，他那半开化的人的粗暴一股脑儿发作了。

但是她呢，本来就是个在巴黎人行道上长大的孩子，既不知羞耻也不懂贞洁；她肯定：如果这个男人不要她，还会有别的男人要她；另外，她还像动辄走上街垒的鲁莽的平民女子那样天不怕地不怕，不但顶撞他，而且辱骂他。他举手要打她时，她竟把肚子挺了过来。

他只好停住手，不过脸气得煞白，想到他的一个后代，一个他的孩子，居然就在这被玷污的肉体里，在这卑贱的皮囊里，在这令人厌恶的躯体里！于是他向她扑过去，准备把两个生命一起毁灭，将双重的耻辱一举荡涤。她害怕了，感到这一下要完蛋了，在他的拳头下滚来滚去。见他举起脚要踢她怀着胎儿的大肚子，她一边伸出两手去挡，一边叫喊：

"别弄死我，这不是你的，是他的。"

他霍地向后跳了一步；他是那么震惊，那么诧异，以致他的怒气和脚跟都悬着不动了。他结结巴巴地问：

"你……你说什么？"

她呢，从这个男人的眼睛和姿势里看到自己死在眼前，一下子吓疯了，又说了一遍：

"不是你的，是他的。"

他顿时泄了气，从紧咬的牙关里低声问：

"你是说孩子？"

"是呀。"

"你撒谎!"

说着,他重新做起举脚的动作,好像就要踩下去。这时他的情妇已经爬起来跪着,一面试图往后躲,一面结巴着说:

"我已经对你说过了,是他的。如果是你的,我不早就有这个孩子了吗?"

这个论据一语破的,打动了他。人们在思想豁然开朗的瞬间,常会觉得一切理由都显而易见、精确无误、无可辩驳、足以定论、不可抗拒。他此刻就是这样,顿时被说服了,深信自己不是她怀着的那个倒霉的孽种的父亲,于是松了一口气,如释重负,几乎顿时恢复了镇定。他不再想杀掉这个无耻的女人。

他用稍微平静了一点的声音对她说:

"起来,滚吧,再也别让我看见你。"

她服从了,认输了,走了。

他再也没有见过她。

他也出发了。他向南方、朝着太阳走,最后在一个村庄停下。这个村庄矗立在地中海边的一个小山谷里。他看中了一家可眺见大海的小旅店,要了一间房就住下来。他在这里一待就是十八个月,悲伤,绝望,完全与世隔绝。他生活在对那个邪恶女人的万般痛苦的回忆中，回忆她的妖冶，她的笼络手段，她那令人难以启齿的魅惑人心的伎俩；一面又惋惜再也看不到她的身影，得不到她的温存。

他在普罗旺斯地区的那些小山谷里游荡，在透过橄榄树的浅灰色树叶柔化了的阳光下，光着可怜的痛苦的脑袋散步，因为这头脑里始终活跃着那个顽念。

不过，在这痛苦的孤独中，他以往的宗教观念，他的已经淡薄了一点的最初的信仰热忱，又慢慢地回到他的心里。昔日宗教是他逃避未知生活的避难所，而今成了他摈弃充满骗局和磨难的生活的避难所。他本来就保持着祈祷的习惯。在悲痛中他对祈祷更加热诚，黄昏时，经常在教堂里跪祷。教堂里一片昏黑，只有祭坛深处的那点灯火在闪耀，那盏灯是圣所的神圣卫士，天主常在的象征。

他向这位天主，他的天主，倾诉他的痛苦；把自己的不幸全部告诉他。他请求天主指点他，怜悯他，帮助他，保护他，安慰他。在他一天比一天更虔诚的祷词中，他注入的激情也一次比一次更强烈。

他那颗被一个爱过的女人伤害、摧残过的心，本来仍旧敞开着、悸动着，总在渴望着柔情；逐渐地，由于殷勤祈祷，由于在隐居生活中养成了越来越多的虔诚的习惯，由于忘情地潜心于虔信者和安慰、吸引受苦人的救世主的神秘沟通，对天主的神秘的爱深入了他的心灵，克服了另一种爱。

于是他重拾早年的计划，决定把自己饱受创伤的生命献给教会；他本来是可以献给它一个童贞之身的。

他于是当了教士。通过家庭，通过关系，他获得委任，成为普罗旺斯地区的这个村庄的本堂神父，既然命运把他抛到了这里。他把自己的大部分财产都捐给了各种慈善事业，只留下一小部分，用于他度过余生，并且还能救济穷人。他从此遁入奉行教规和献身人类的平静生活。

他是个眼界狭窄但是心地善良的神父，一个有着军人气质的宗教向导。我们的本能、趣味、欲望，犹如森林里那一条条容易让人误入歧途的小径，他这位宗教向导尽力把在森林里盲目地游荡和迷失方向的人引回正道。但是旧日的他的许多东西还活跃在他的身上。他从未停止对激烈运动、高尚竞技和各种兵器的爱好。不过他厌恶女人，所有的女人，就像儿童面临一种神秘的危险一样对她们深怀恐惧。

2

跟着教士的那个水手完全是南方人的习性,舌头痒痒的,一直想拉拉家常。可他又不敢,因为本堂神父在教民心目中有很高的威望。最后,他还是斗胆试一下。

"我想,"他说,"您住在那小别墅里一定挺舒适吧,神父先生?"

这所谓的小别墅,其实是普罗旺斯地区城里人或村里人夏天为了乘凉而去暂住的一种微型房屋。神父的专用住宅紧挨着教堂,挤在教区中央,小得像个牢房,所以他租下了这座乡野小屋,离他的住宅只有五分钟的路。

不过即使在夏天,他也不常住在这乡间别墅;他只是偶尔去那里过几天,领略一下绿色大自然中的生活,练一练手枪射击。

"是呀,我的朋友,"神父说,"我在那儿住得挺舒适。"

那所矮矮的房子建在树丛中,漆成玫瑰色,看上去就好像被种在阔野上的橄榄树的枝叶,锯成长条,剁成碎末,切成小块;这房子在没有藩篱的橄榄园里,就像从地下冒出来的一株普罗旺斯的蘑菇。

远远的还看得见一个高个儿女人在那房子的门前走动；她正在布置一张小饭桌，每次走回来，只是慢条斯理、有条不紊地摆上一份刀叉、一个盘子、一块餐巾、一块面包、一个酒杯。她戴一顶阿勒①女人特有的小软帽，黑绸或者黑绒面儿的圆锥形帽顶，尖儿上缀着一个白色圆球，像盛开的花朵。

走到声音可以听得见的距离时，神父对她高喊：

"喂！玛格丽特！"

她停下脚步打量，认出是她的主人。

"是您吗，神父先生？"

"是呀。我给您带来好多鱼，您马上就给我煎一条狼鲈，黄油煎狼鲈，什么都不加，只用黄油。听见了吗？"

那女仆走到两个男人身边，用内行的眼光审视着那个水手拎来的鱼。

"可是我们已经做了米饭烧鸡。"

"管他去！隔日的鱼总没有刚出水的香。我要小小地美

---

① 阿勒：法国东南部的一个城市，历史悠久，位于今普罗旺斯－阿尔卑斯－蓝色海岸大区罗纳河口省。

餐一顿，这也是难得一回；再说，即使是罪过，也不算大。"

那女仆挑选了一条狼鲈，正要走开，又转过身来：

"啊，神父先生，有一个男人来找过您三趟。"

他不甚在意地问：

"一个男人！什么样的人？"

"看样子是个不大靠得住的人。"

"什么！一个乞丐吗？"

"也许是吧，我说不定。我看更像是一个'马乌法唐'。"

"马乌法唐"这个普罗旺斯土语指的是坏人、流浪汉，维尔布瓦神父听了哈哈大笑，因为他知道玛格丽特胆小；她住在这个别墅里，整个白天，特别是夜晚，都想着会有人来杀他们。

他赏给那水手几个苏，水手走了。他还保留着昔日上流社会注重整洁和卫生的习惯，说了声："我去洗洗脸，洗洗手。"这时玛格丽特正在厨房里用刀戗着鳞刮狼鲈的脊背，沾着血的鱼鳞像银屑似的纷纷落下。她突然对他大喊：

"瞧呀，他又来啦！"

神父转身向着大路，果然看见一个男子，远远望去衣着很不得体，正迈着小步向这房子走来。神父等着那个人，脸上还带着看到女仆恐慌的模样露出的微笑，不过他心里已经在想："说实话，我相信她说的有道理，这人确实像个'马乌法唐'。"

陌生人两手插在裤兜里，眼睛看着神父，不慌不忙地走过来。他年纪还轻，却蓄着一大把卷曲的金黄色的胡子，软毡帽底下露出的几揪头发打着卷儿；那顶帽子脏兮兮的，已经破了，谁也猜不出它最初是什么颜色、什么形状。他穿一件栗色的长外套、一条裤脚已经磨得像锯齿似的裤子；脚上穿一双绳底帆布鞋，走起路来软软的，悄无声响，令人不安，脚步也是流浪汉那样，让人神不知鬼不觉。

走到离神父只有几步远的时候，他摘下那顶遮住脑门的破帽子；他像做戏似的脱帽行礼的时候，露出一张酒色之徒的憔悴但依然好看的脸；头心已经光秃，那是过度疲劳或者过早放纵的标志，因为这个人肯定不超过二十五岁。

教士也马上脱帽致意；他猜想并且感觉到这不是一个寻常的流浪汉，失去工作的工人，也不是那种经常出入监狱、只会用苦役犯的暗语说话的惯犯。

"您好，神父先生。"那个人说。

教士只回答："您好。"他不愿意称呼这个来路不明、

衣衫褴褛的过路人"先生"。他们目不转睛地互相打量着。这流浪汉的目光让维尔布瓦神父越来越觉得惶惑和慌乱；好像面对一个还不知底细的敌人，他内心深处突然充满了让人浑身打寒战的不安之感。

终于，流浪汉又说话了：

"好呀！您认出我来了？"

神父大吃一惊，回答：

"我？没有，我根本不认识您。"

"哦，您根本不认识我。那么再仔细看看我！"

"再看也没用，我从来就没有见过您。"

"这个嘛，倒是真的，"对方带着嘲讽的语气说，"不过我这就给您看一个您更熟悉的人。"

他把帽子又戴上，解开上衣的纽扣，里面是赤裸的胸膛；一条红色裤腰带束在干瘦的肚子周围，把裤子系在胯骨以上。

他从衬里的衣袋里掏出一个信封。那个信封上各种各样的污渍应有尽有，简直不像个信封了；那种信封是游荡的乞丐们通常放在衣服夹层里，里面装着真真假假、偷来的或者合法的乱七八糟的证件，遇到宪兵时作为捍卫自身自由的法宝。他从这信封里抽出一张照片，是从前时兴过的一种信纸大小的贴照片的硬纸板，因为长期揣着东奔西颠，已经又黄又皱；因为紧贴着肉放着，还热乎乎的，不过早已被他的体温焐得失去光泽。

然后，他把这照片举到自己的脸旁，问：

"这个人，您认识吗？"

神父向前凑近两步，仔细一看，顿时脸色煞白，神情慌乱；因为那照片上正是他自己，那还是在遥远的年代，当他还在热恋中，是为"她"而拍的。

他没有回答，因为他不明白究竟是怎么回事。

那流浪汉重复道：

"这个人，您认出来了吗？"

神父结结巴巴地说：

"认出来了。"

"是谁?"

"是我。"

"真是您?"

"当然了。"

"好!现在请看看我们,我们俩,您的照片和我。"

这可怜的人呀,他已经看见了,看见这两个人,照片上的和在旁边笑着的,就像亲兄弟一样酷似,但他还不明白是怎么回事。于是他结结巴巴地说:

"您到底要干什么?"

这时那个乞丐恶狠狠地说:

"我要干什么?我要您先承认我。"

"您到底是谁呀?"

"我是谁?您到大路上去问问随便哪一个人,问问您的女仆,如果您愿意的话咱们也可以去问问本地的村长,把这个给他看;我敢担保,他一定会笑出声来的。啊!您不愿意承认我是您的儿子吗,神父爸爸?"

听到这里,老人举起双手,做了个在绝望中乞求天主的手势,呻吟着说:

"这是没有的事。"

年轻人走到他跟前,紧挨着他,脸冲着脸:

"啊!这是没有的事!啊!神父,别再撒谎了,您听见了吗?"

他脸上的表情咄咄逼人,挥舞着紧握的拳头。他讲话时那么信心十足,教士一面不住地往后退,一面思忖:此时此刻,他们俩究竟谁搞错了。

尽管纳闷,他还是再一次肯定地说:

"我从来没有过孩子。"

那个人反讽道:

"也没有过情妇,是吧?"

老人断然地回答,骄傲地承认:

"有过。"

"那么您把这个情妇赶走的时候,她是不是怀着孕?"

二十五年前强压下去的怒火,其实并没有熄灭,而是封闭在这痴情男子的心底,上面加盖了信仰、顺天听命的虔诚和弃绝红尘的拱顶;此刻这昔日的怒火突然爆发,冲破了这个拱顶,他义愤填膺,大喊道:

"我赶走她,因为她欺骗了我,因为她怀上别人的孩子;

不然，我早把她杀了，先生，连她带您一起杀了。"

年轻人犹疑了一下，现在轮到他因神父的由衷愤怒而感到惊讶了。接着，他用稍微和缓的声调问：

"谁告诉您那孩子是别人的？"

"是她，她本人，跟我吵架的时候。"

流浪汉对这个说法并不表示异议，而是用泼皮无赖评判一件争议时那种无所谓的语气说：

"好吧！那就是妈妈嘲弄您的时候，她自己也弄错了，如此而已。"

一阵盛怒过去以后，神父比较能够控制住自己了，现在他询问起来：

"那么是谁告诉您，您是我的儿子呢？"

"她，在临死的时候，神父先生……还给了我这个。"

说着他把小照片伸到教士的眼前。

老人接过照片，慢慢地、久久地对这陌生的过路人和自己从前的形象做着比较，心潮起伏；他不再怀疑，这个人确实是自己的儿子。

他感到一阵撕心裂肺的剧痛，那是一种难以言表的非常痛苦的感情，仿佛在为往昔的一件过错悔恨。他现在明白了一点，剩下的也猜到了。那个暴烈的分手场面又呈现在他眼前。在遭到侮辱的男人的威胁下，那个女人，那个不忠不义的女人，为了救自己的命，向他抛出了这个谎言。谎言成功了，一个他的孩子出生了，长大了，变成这个龌龊的流浪汉，像山羊散发膻味一样散发着堕落的气息。

他低声说：

"您愿意跟我走几步吗？咱们好好谈谈。"

那一个冷笑了一声：

"啊，当然！我来这里就是为了这个。"

他们一起在橄榄园里走起来，肩并着肩。太阳已经落山。南方黄昏的强烈凉气，为田野披上一件看不见的寒冷外衣。神父打着哆嗦；他突然做出一个当主祭习惯了的动作，举目四望，只见到处都有圣树①的淡灰色小叶子在空中瑟瑟发抖；就是在这圣树的稀疏树荫下，基督经受了他一生中最大的痛苦，也流露了他一生中仅有的一次软弱。②

---

① 圣树：在基督教《圣经》中，橄榄树被视为和平的象征，也是圣树。
② 据《圣经》记载，耶稣到耶路撒冷以后，白天在神殿传教，晚上回橄榄园，后被捕，钉死在十字架上。被捕前夕，他在园内对门徒表示："我心里甚是忧伤，几乎要死。"

他发自内心地祷告了一声,那是绝望中发出的一声简短的祷告,完全不出口的心声,信徒们总是用这样的话哀求天主:"我的主啊,救救我吧!"

然后他转脸对着儿子:

"这么说,您的母亲死了?"

在说"您的母亲死了"这句话的时候,旧日的悲伤又苏醒了,他心如刀绞;那是一个从来没有完全忘记往事的人肉体上不可言状的痛苦,是他经受过的折磨的残酷回响;也许还不止于此,因为她已经死了,那还是青年时代令人发狂的短暂幸福的悸动,只可惜除了回忆的创伤以外,这幸福已经荡然无存了。

年轻人回答:

"是呀,神父先生,我母亲已经死了。"

"很久了吗?"

"是的,已经三年了。"

神父又起了疑心。

"那您为什么没有早来找我呢?"

那个人踌躇了一下。

"我没有办法。我遇到了一些麻烦……不过,这些内情,请原谅我暂时不谈，以后我会讲给您听的，您要多么详细都行。现在我要告诉您的是：从昨天早上到现在，我还什么东西都没吃呢。"

一阵强烈的怜悯之情让老人大为震动，他突然伸出双手。

"啊！我可怜的孩子！"他说。

年轻人接受了那双伸过来的大手；他的比较细长、温乎甚至有些发烫的手指被那双大手紧紧包住。

然后他带着常不离嘴的打哈哈的口气说：

"太棒啦！真的，我开始相信咱们总会谈得拢啦。"

神父迈步走起来。

"咱们去吃饭吧。"他说。

他忽然感到一阵小小的得意，这感觉说不清、有些古怪，但却是出自本能的，因为他想到刚打来的鱼，再加上米饭烧鸡，对这可怜的孩子来说，这一天算是吃上一顿丰盛的晚餐了。

那个阿勒女人却很不放心，嘴里发泄着不满，在门口等着。

"玛格丽特，"神父喊道，"把桌子搬进去，放到客厅里，赶快，赶快，摆两份餐具，快点儿。"

女仆想到主人要跟这个坏蛋一起用餐，吓得只顾发呆。

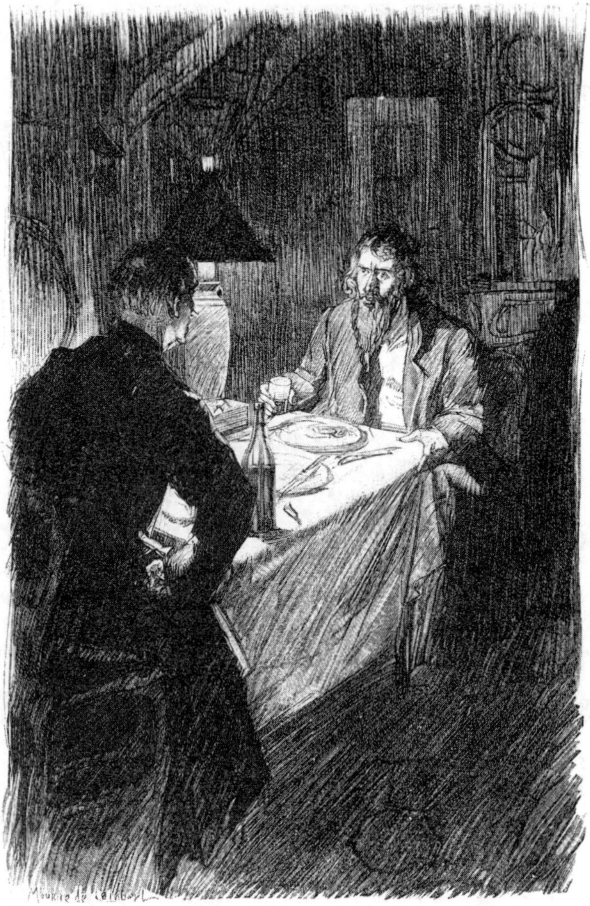

于是，维尔布瓦神父就亲自动起手来，把给他预备的那份餐具撤下来，拿到楼下仅有的那个房间去。

五分钟以后，他已经和那个流浪汉面对面坐下，面前放着满满一盆白菜浓汤①，两人之间腾起一片热气。

3

各人的盘子盛满以后，那个流浪汉就像饿虎扑食般地一调羹紧接一调羹大口吃起来。神父已经感觉不到饿了，只是慢吞吞地吃着香喷喷的浓汤，面包都留在盘底。

他忽然问道：

"您叫什么？"

那个人笑了一声；他已经不饿了，感到很满意。

"不知道父亲是谁，"他说，"不能姓别的，只好随母亲的姓，这个姓您大概还没有忘记吧。我有一个由两个名字组成的复名，不过顺便说明一下，这个复名对我很不合适，叫

---

① 浓汤：法国人常做的一种食物，加洋葱、土豆、白菜、面包及肉类等实料熬成的汤。

菲利普-奥古斯特。"

神父顿时脸色煞白,喉咙哽咽,问:

"为什么给您起个复名呢?"

那流浪汉耸了耸肩。

"您应该猜得到。妈妈离开您以后,曾经希望让您的情敌相信我是他生的,一直到我十五岁以前,他都几乎信以为真。可是从那以后我的相貌实在太像您,这个浑蛋就不再承认我是他的孩子了。但是已经给我起了他的复名菲利普-奥古斯特,如果我走运,谁也不像,或者我是第三个没有露过面的浑蛋的种,那么我今天就可以叫菲利普-奥古斯特·德·普拉瓦隆子爵,是那位同名同姓的伯爵和参议员追认的公子了。所以我呢,我给自己起的名叫:'不走运'。"

"这一切,您是怎么知道的?"

"因为他们经常当着我的面争吵,并且吵得很凶,唉!就是这么着,我明白了什么是生活。"

神父半个小时以来所感受和经受的一切让他难受,让他痛苦,但是还有某种东西更让他透不过气来。他开始感到憋闷,而且越来越厉害,简直要把他憋死;这倒不是全因为刚才听到的那些事,而主要是因为讲述的方式和那个讲述的无赖的下流嘴脸。在这个人和他之间,在他的儿子和他之间,他开始感觉到有一个充满道德污秽的臭坑,而对于某些人的心灵来说,这些肮脏的东西无异于致命的毒药。这家伙真是他的儿子吗? 他还不能相信。他需要所有的证据,所有的;他需要知道一切,了解一切,什么都听一听,什么都忍耐一下。他重又想到环绕小别墅的那些橄榄树,于是再一次喃喃祷告:"啊! 我的主呀,救救我吧。"

菲利普-奥古斯特吃完浓汤,又问:

"没有别的吃了,神父?"

厨房在这所房子的外面,一个附属建筑里,玛格丽特听不到神父的叫声。他有什么需要,就在挂在身后墙上的一面中国铜锣上敲几下,通知她。

他于是拿起皮头的锤子在那圆形铜片上轻轻敲了几下。锣声开始很弱,随后大起来,响亮起来,颤巍巍,尖锐,非常尖锐,刺耳,可怕,仿佛挨了打的铜器在哀嚎。

女仆来了。她紧绷着脸,频频怒视着这个"马乌法唐",好像她那忠实的狗一般的本能,已经预感到正降临在主人头上的悲剧。她手里端着的煎狼鲈,发出熟黄油的香味。神父用调羹把鱼从头到尾分成两半,把鱼背那一半让给他青年时代生下的儿子。

"这是我刚打的。"他带着痛苦中残留的一点得意的神情说。

玛格丽特还没有走开。

神父又说:

"拿酒来,要好的,科西嘉角的白葡萄酒。"

她差一点做出反抗的表示。他只好板起面孔再说一遍:"去呀,拿两瓶。"

请人喝酒是他难得的乐趣,因此他总要也请自己喝一瓶。

菲利普-奥古斯特听了顿时容光焕发,喃喃地说:

"妙极了!好主意。我很久没这么吃过了。"

两分钟后女仆回来了。神父却觉得这两分钟就像两个无限长,因为他心急火燎地需要了解情况,这种需要就像地狱中的烈火一样煎熬着他。

打开了酒瓶,可是女仆还待着不走,两眼死死盯着那个人。

"您去吧。"神父说。

她假装没听见。

他几乎用斥责的口吻说:

"我已经吩咐您走开。"

她这才走出去。

菲利普－奥古斯特狼吞虎咽地吃着鱼。他父亲看着他。在这张和自己如此酷似的脸上发现的种种卑俗的表情，让他越来越感到惊讶和痛心。维尔布瓦神父送到唇边的小鱼块停留在嘴里，因为嗓子眼发紧难以下咽，他久久地咀嚼着，一边寻思：在涌到脑海的各种各样的问题中，哪一个是他希望最先得到答案的。他终于低声问：

"她是得什么病死的？"

"肺病。"

"病了很久吗？"

"差不多一年半。"

"怎么得的这个病？"

"不知道。"

他们都沉默了。神父在思索。这么多事情压在他心头，他都想知道，因为自从破裂的那天起，自从差点儿把她打死的那天起，他就再也没有听到过她的任何消息。当然他也没有想去知道，因为他早已毅然决然把她以及自己有过的幸福时光都抛进忘却的深沟。可是她现在已经死了，他突然萌生了想了解一下的热望，一种含有妒意的热望，几乎可以说是一个情人的热望。

他接着问：

"她不是一个人过，对不对？"

"对，她一直跟他在一起。"

老人打了个哆嗦。

"跟他！跟普拉瓦隆？"

"当然啰。"

这个当年遭人背叛的人计算了一下，欺骗了他的那个女人跟他的情敌过了三十多年。

他几乎情不自禁地吞吞吐吐地问：

"他们在一起幸福吗？"

年轻人冷笑了一下，回答：

"当然啰，不过有时好些，有时坏些。如果没有我，也许会更好。都怪我，把一切都弄糟了。"

"怎么会？为什么？"神父说。

"我已经跟您说啦。我十五岁以前，他一直以为我是他的儿子。不过这老头子，他并不傻，他发现我像谁以后，就经常争吵。我呢，在门外偷听。他责怪妈妈让他上了圈套。妈妈就反驳说：'难道怪我吗？你要我的时候，十分清楚我是别人的情妇。'那个别人，就是您。"

"啊！这么说，他们有时也谈起我？"

"是呀，不过他们从没有当着我的面说出您的名字，只是到后来，直到最后，妈妈临死前几天，觉着不行了，才说出来。不管怎么样，他们还是有顾忌的。"

"那么您……您很早就知道您母亲的情况是不正常的吗？"

"当然知道！我又不傻，从来也不傻。人开始了解世事以后，这种事不说也马上就猜得出。"

菲利普－奥古斯特一杯接一杯地自斟自饮。他两眼通红；饿得太久，所以醉得也快。

神父看出他醉了；他差一点要劝阻他，后来闪出一个念头：醉酒会让人口无遮拦，喜欢唠叨；于是又给年轻人斟满一杯。

玛格丽特端上米饭烧鸡。她把菜搁在桌子上，又瞪了那流浪汉一眼，然后气鼓鼓地对主人说：

"您倒是看看呀，他都烂醉了，神父先生。"

"别管我们，"神父又说，"您去吧。"

她使劲把门一甩，走了出去。

他问：

"您母亲，她都说我什么来着？"

"当然就是一般女人说她丢掉的男人的那类话,什么您不随和啦,让女人讨厌啦,顺了您的意思女人就没法活啦。"

"她经常这么说吗?"

"是呀,只是有时候拐弯抹角,想让我听不懂。不过我全都猜得出。"

"您呢,在这个家里他们待您怎么样?"

"起初待我很好,后来就很坏了。妈妈看出我在坏她的事,就把我扫地出门了。"

"怎么会这样呢?"

"怎么会这样!这很简单,十六岁那年,我干了些荒唐事,这些坏蛋,为了甩掉我,就把我送进了教养所。"

他两肘往桌子上一杵,两手托着脸。他完全醉了,神志已经被酒彻底颠覆,却忽地生出一种不可抗拒的自我炫耀的欲望;正是这种欲望,让醉鬼们都成了口若悬河的富于奇想的牛皮大王。

他温柔地微笑着,嘴唇带几分女性的媚气;那是一种邪恶的媚气,教士一眼就认出来了。他不仅认出了这媚气,而且感觉到了,它是那么可恨而又让人愉悦,因为这媚气曾经征服并葬送过他。这孩子现在更像他的母亲,不仅是长相,而是那迷人的虚伪的眼神，尤其是那骗人的微笑的诱惑力。那微笑仿佛通过嘴为满腹的寡廉鲜耻打开了大门。

菲利普－奥古斯特讲起来：

"哈！哈！哈！自从我进过教养所，我过的那个生活哟，真是一种奇特的生活，一个伟大的作家肯定会出大价钱买的。真的，大仲马在他的《基督山伯爵》里写的，也没有发生在我身上的那些事离奇。"

他说到这里沉默了一会儿，露出醉酒的人思考时那副哲学家般的严肃神态，然后又慢慢说起来。

"要想让一个孩子变好，不管他干了什么事，千万别把他往教养所送，因为那里见识的东西太多了。我呀，我就是因为学了一个妙招儿，结果惹出大祸。一天晚上，大约九点钟，我跟三个同学在靠近弗拉克渡口的大路上闲逛，四个人都有点醉了，我忽然看见一辆马车，赶车的人跟坐车的那一家人都睡着了，他们是玛尔蒂农村的人，从城里吃了晚饭回家。我抓住马缰绳，把马牵上渡船，把船往河心一推，发出的响声弄醒了赶车的，他什么也没看清，就挥了一鞭；马拔腿就走，连车一起跌进了河里。全部淹死！同学们揭发了我。可他们看见我开玩笑的时候起初还大笑哩。说真的，我们没想到事情结果会这么糟。我们原来只希望让他们洗个澡，开个玩笑而已。

"那以后，我还干过不少更厉害的事，为第一桩事报仇。凭良心说，就因为那一桩事犯不着送我去教养所。不过这些也不必一一跟您讲了。我只把最后一桩给您说一说，因为这一桩您听了一定高兴。我替您报了仇啦，爸爸。"

神父惊恐地看着儿子，他什么也吃不下去了。

菲利普-奥古斯特正准备说下去。

"别，现在先别说，等会儿。"神父说。

他转身敲了一下，那中国铜锣发出刺耳的尖叫声。玛格丽特马上就走进来。

神父吩咐：

"把灯和你准备好的吃的东西都给我们拿来；然后，我不打锣你就不要再进来了。"

主人的声音那么严厉，她吓坏了，低下头，乖乖地服从。

她走出去，接着拿来一盏绿罩的白瓷灯，一大块干酪，还有水果，放在桌子上，然后，她走了。

神父决然地说：

"现在，我听您说下去！"

菲利普-奥古斯特不慌不忙地往自己的盘子里装满水果，又斟满了酒。第二瓶几乎已经光了，虽然神父一点也没碰。

他嘴里含着食物，又喝醉了酒，舌头都打卷了，结结巴巴地接着说：

"最后一桩嘛，是这样的。那可是一桩了不起的事。我回到家里……就赖着不走了；他们也无可奈何，因为他们怕我……怕我……啊！千万别把我惹恼了，我……要是惹恼了我，我什么事都干得出来……您知道……他们在一起过，也不在一起过。他有两个住家，一个是参议员的家，一个是情人的家。不过他在妈妈这儿的日子要比在自己家多，因为他已经离不开她。啊！……妈妈……她真是个聪明、能干的女人……她呀，她真善于笼络男人！她把他的身和心全拴住了，一直到死都不放松。男人们，多傻啊！总之，我回到家里，他们怕我，我把他们管得服服帖帖的。我呀，我机灵着哪，必要的时候，使坏，耍心计，还有动拳头，我谁也不怕。后来妈妈病倒了，他把她安置到他在莫朗①附近的一处很漂亮的房子里，那房子在一个花园里，花

---

① 莫朗：法国市镇，在巴黎西面，今属法兰西岛大区伊夫林省。

园有森林那么大。她病了将近一年半……我已经跟您说了。后来我们感觉到她不行了。他每天都从巴黎赶来看她，很悲伤，唉，那可是真的。

"一天早晨，他们在一起叽里呱啦地议论了将近一个钟头，我正寻思他们究竟在谈什么，谈了这么久，他们把我叫了进去。妈妈对我说：

"'我快死了，有一件事我要告诉你，就是你父亲的名字，虽然伯爵不同意。'她提到他时，总是称呼他'伯爵'。'就是你父亲的名字，他还活着。'

"我曾问过她不止一百次……不止一百次……我的父亲叫什么名字……不止一百次……她总是不肯说……我好像记得有一天，为了让她开口，我还打了她几个耳光，可是毫无用处。后来为了免得我纠缠，她就对我说您已经死了，一个子儿也没留下，您是个窝囊废，她年轻时犯下的一个错儿，未经世故的女孩子干的一件蠢事，等等。她说得那么真切，我也就天真地相信了，完全相信您死了。

"总之，她对我说：

"'我要告诉你的就是你父亲的名字。'

"那一位坐在一把扶手椅上，一连说了三遍：

"'您不该说，不该说，不该说，罗赛特。'

"妈妈坐在床上，颧骨通红，眼睛发亮；她好像还在我眼前，因为无论怎样，她毕竟是很爱我的。她对他说：

"'您就帮他一点忙吧，菲利普！'

"直接对他说话时，她叫他菲利普，我呢，她叫我奥古斯特。

"他像疯子似的叫嚷：

"'帮这个坏蛋，休想；帮这个无赖，这个惯犯，这个……这个……这个……'

"他找出一堆词儿来称呼我，好像他这一辈子尽在搜集这些词儿。

"我正要发作，妈妈拦住我，对他说：

"'这么说，您是想叫他饿死；我呢，我是一个钱也没有。'

"他不慌不忙，回答：

"'罗赛特，三十年来，我每年给您三万五千法郎，这就是一百多万了。您靠着我，过的是有钱的女人，被爱的女人，我敢说也是幸福的女人的生活。我们最近几年都让这个坏蛋给毁了，我不欠他任何东西了，他休想得到我的任何帮助。用不着再争辩了。您愿意把那个人的名字告诉他，随您

的便。我表示遗憾，不过我从此洗手不管了。'

"于是妈妈朝我转过脸来。我心想：'好……终于找到我真正的父亲了……如果他是个有钱的，我就得救了……'

"她接着说：

"'你的父亲德·维尔布瓦男爵，现在叫维尔布瓦神父，是土伦附近夏朗杜村的本堂神父。在我离开他跟了这个人以前，他是我的情夫。'

"于是她把一切都告诉了我，就是没提她在怀孕的事上欺骗了您。您瞧呀，女人是从来不说实话的。"

他一面讪笑，一面不知不觉地把脏东西一股脑儿抖落了出来。他仍在喝酒，脸上总是笑眯眯的，接着往下说：

"两天……两天以后，妈妈就死了。他和我，我们俩跟在灵柩后面，把她送到墓地……他和我……您说说，这滑稽不滑稽，他和我……还有三个仆人……再也没有别人。他号啕大哭……我们并排走着……真像是老子带着他的宝贝儿子。

"完事了，我们回到家。只剩下我们俩。我心想：'非走不可了，可是一个子儿也没有。'我满打满算只有五十法郎。我能想个什么法子报仇呢？

"这时他碰了碰我的胳膊，对我说：

"'我有话要跟您说。'

"我跟他进了他的书房。他在桌子前面坐下，然后强忍着眼泪对我说，他并不想像他对母亲说的那样狠心对我，他劝我不要来打扰您，'这……这是您跟我，咱们俩之间的事。'……他给了我一张一千法郎的钞票……一千……我……像我这样的人，一千法郎能干什么？我看见抽屉里还有钞票，好大一摞。看见这么多钞票，我顿时起了杀心。我伸手去接他给我的那一张，可是我并没有真去接他的施舍，而是向他一下子扑过去，把他摔倒在地上，然后掐住他的脖子，直到他翻白眼；后来，我看他快死了，才松手，拿东西塞住他的嘴，把他捆上，剥掉他的衣裳，把他翻过身去，然后……哈！哈！哈！……这个仇我替您报得真痛快……"

菲利普-奥古斯特直咳嗽，他高兴得喘不过气来；在他那带着残忍的得意神情的微微上翘的嘴角上，维尔布瓦神父又看到了曾经令他神魂颠倒的那个女人的微笑。

"后来呢？"他问。

"后来……哈！哈！哈！……壁炉里火正旺……妈

妈死的时候……是十二月……天很冷……生着很旺的炭火……我拿起火钩子……把它烧得通红……就这样……在他背上烙了几个十字,八个,还是十个,我记不清了;然后我把他翻过身来,在肚子上也烙了同样多的十字。这好玩不,嗯,爸爸!从前就是这样给苦役犯烙印记的。他的身子像鳗鱼似的扭来扭去……不过我把他的嘴塞得严严实实,他想叫也叫不出声来。然后我拿起那些钞票——十二张,加上我那一张,一共十三张……这数字没给我带来过好运。

临逃走，我还盼咐仆人们，伯爵先生在睡觉，晚饭以前不许打扰他。

"我原以为他是参议员，怕丢脸，不会声张。我错了。四天以后，我在巴黎一家餐馆里被人逮住。我蹲了三年牢。就是这个缘故，我没能早来找您。"

他又喝了几大口，发音已经含含糊糊了，只能嘟嘟哝哝地说下去：

"现在……爸爸……神父爸爸！……有个神父爸爸，这真是滑稽！……哈！哈！对小乖乖，一定要好，要很好，因为小乖乖可不是一般人……他已经干过一桩了不起的……不是吗……一桩了不起的事儿……搞那个老头儿……"

面对这个十恶不赦的人，当年在朝三暮四的情妇面前让他勃然变色的怒火，此刻又在维尔布瓦神父的心头燃烧。

对忏悔者神秘地低声供认的罪恶隐情，他曾经以天主的名义宽恕过那么多，现在轮到他自己的时候，他却感到既不能留情，也不能容忍了；他不再向慈悲为怀、乐于助人的天主求援，因为他明白，那些在世上遭到如此不幸的人，无论天上还是人间的庇护都没法拯救。

他那热情的心灵和狂暴的血性，原已在神职生涯的磨砺中收敛了，此刻却猛然觉醒，化为一腔无法抑制的愤懑。他痛恨这个偏偏是他的儿子的万恶之徒；痛恨他的长相那么像自己，也像他的母亲，那个把他孕育得和她自己一样坏的不堪为人母的母亲；痛恨命运又把这恶棍像苦役犯拖着的铁球一样铐在他为父的脚上。

这冲击把他从二十五年虔诚的沉睡和宁静中唤醒，他忽地心明眼亮，不但看得清发生的一切，而且预见到可能发生的一切。

他突然觉得必须说话强硬才能让这个坏蛋害怕，一开始就要震慑住对方，因此他摆出气得咬牙切齿的样子，也不管他是不是喝醉了，对他说：

"您该对我说的都说了，现在该您听我说了。您明天早上就走。您以后就住在我给您指定的地方，没有我的命令不许离开。我给您一笔费用，够您生活的，不过数目很小，因为我并没有钱。您只要有一次违抗我的命令，那就一切全完，我要跟您算账的……"

菲利普-奥古斯特虽然被酒弄得昏头昏脑，但这番威胁的话他还听得懂；潜伏在他身上的那个罪犯一下子显露原形。

他一边打着酒嗝，一边吐出这样几句话：

"啊！爸爸，别跟我来这一套……您是本堂神父……您捏在我手里……您也会像别人一样，服服帖帖的！"

神父吃了一惊。这年老的大力神的肌肉里顿时感到一种难以克制的需要：抓住这个恶魔，把他像小棍儿一样折断，让他知道必须就范。

他一边晃动着桌子向那人揉过去，一边嚷道：

"啊！您要当心，您要当心……我呀，我什么人也不怕……"

醉鬼失去了平衡，在椅子上晃悠了一下。他感到自己就要跌倒，已经在教士的控制之下，便把手向搁在桌布上的一把刀伸去，眼里露出杀人犯的凶光。维尔布瓦神父看到这个动作，猛地一推桌子，他的儿子便仰面朝天倒在地上。灯也滚下去，熄灭了。

在几秒钟的时间里，先是玻璃杯撞碎的清脆响声在黑暗里回旋；接着是柔软的躯体在石板上爬动的声音；然后就什么声音也没有了。

灯碎以后，突然再现的夜色笼罩了他们，那么迅疾，那么出其不意，那么深沉，他们都愕然了，仿佛发生了什么可怕的事。醉鬼蜷缩在墙根，不再动弹；教士呆坐在椅子上，沉浸在黑暗中，这黑暗也湮灭了他的怒气。落在他身上的这道夜幕打断了他的震怒，也镇定了他心灵的肝火。他生出另外的念头，不过这些念头就像这夜色一样，阴郁而又凄惨。

一片寂静，一片墓穴一样的死寂，好像不再有任何的气息和生机。也没有任何声息从外界传来，无论是远处车辆的滚动，还是一声狗吠，哪怕是掠过枝丫或者墙头的一丝微风。

这种情形延续了很久，很久，也许有一个小时。后来，铜锣突然敲响。只敲了一下，又重，又干脆，又响亮；紧跟着是什么东西摔倒和一把椅子翻倒发出的一阵奇怪的巨响。

一直注意着动静的玛格丽特连忙跑来；可是她一开门，只见漆黑一片，吓得直往后退。然后，她战栗着，心跳加快，上气不接下气地低声喊道：

"神父先生，神父先生！"

没有人回答，也没有任何动静。

"天啊，天啊，"她心里嘀咕着，"他们干什么来着？出了什么事？"

她不敢再往前走，也不敢回去拿灯；她一心只想逃命，想逃跑，想号叫，虽然她感到两腿发软，几乎要跌倒。她一遍又一遍地喊着：

"神父先生，神父先生，是我，玛格丽特。"

尽管她十分害怕，她那备受惊骇的心里却突然涌出一个本能的救主的愿望，一股有时会激励妇女成为英雄的女性特有的勇气；她跑到厨房，端回一盏油灯。

走到客厅门口，她停下了。她首先看到那个流浪汉，直挺挺挨着墙躺着，睡着了，至少像是睡着了；然后是摔破的灯；然后是桌子下面维尔布瓦神父穿着黑色长袜的脚和腿；想必在向后跌倒的时候，他的头碰到了那面铜锣。

她吓得心怦怦跳，两手直打哆嗦，一遍遍地说：

"天啊，天啊，这是怎么啦？"

她一小步一小步地往前走，不知踩在什么油腻的东西上滑了一下，差点儿摔倒。

于是她弯下腰，只见在红石板上，一种也是红色的液体在流动，在她两脚的四周蔓延，并且向门口快速流去。她猜那是血。

她简直吓坏了，转身就逃，把灯也扔掉了，什么也不想看了。她穿过田野向村子奔去。她一边往前跑一边大呼小叫，眼睛只顾看远处的灯火，有好几次撞在树上。

她尖锐的嗓音犹如猫头鹰的凄厉的叫声，在黑夜里散开，不停地喊着："马乌法唐……马乌法唐……马乌法唐……"

当她跑到最近的几座房子时，几个惊愕的男子走出来，围着她；可是她一味地挣扎，也不回答，因为她已经神昏意乱。

人们好不容易才弄明白，原来是本堂神父的乡间别墅里发生了不幸，于是一群人带了武器赶去援助他。

橄榄园中间的那座漆成玫瑰色的小别墅，在深沉而又寂静的黑夜里变成漆黑一团，几乎无法辨认了。自从照亮窗口的唯一的一盏灯光像闭上一只眼睛似的熄灭以后，小别墅就淹没在夜色中，消失在黑暗里，若不是本乡人，谁也找不到它。

不多时，几点灯火贴着地面，穿过树丛，向这座小别墅走来。灯火在太阳晒枯的草地上移动着一条条长长的黄色亮光；在移动不定的亮光映照下，橄榄树的弯曲的躯干有时像怪物，有时像纠缠在一起的七弯八绕的地狱之蛇。射得远的灯光突然在黑暗中照见一个隐隐约约的灰白色的东西；随后，在几盏风灯的照耀下，小别墅的四方形的矮矮的墙壁又变成玫瑰色。几个农民手提风灯,给两个握着手枪的宪兵、护林人、村长和玛格丽特照着亮;几个男子架着玛格丽特,因为她已经支持不住了。

来到依然开着的令人恐怖的房门口,人们不禁犹豫了一会儿。还是宪兵班长,抓过一盏风灯,率先走进去,其他的人跟随而入。

女仆没有撒谎。血现在已经凝固,像地毯似的覆盖着石板。它已经一直淌到流浪汉身边,他的一条腿和一只手都浸在血泊里了。

父亲和儿子都睡着了,一个,喉咙割断了,长眠不醒;另一个,烂醉如泥,正在酣睡。两个宪兵向这个醉鬼猛扑过去,他酒还没醒,镣铐就已经

套在他的手腕上了。他揉了揉眼睛,目瞪口呆,还醉得昏头昏脑;他看见了教士的尸体,他好像十分恐怖,而且困惑不解。

"他怎么没有逃跑呢?"村长说。

"他醉得太厉害了。"班长回答。

大家都同意他的看法,因为谁也不会想到,维尔布瓦神父可能会自杀。

苍蝇*

一个划船爱好者的回忆

* 本篇首次发表于一八九〇年二月七日的《巴黎回声报》;同年首次收入维克多·阿瓦尔出版社出版的莫泊桑小说集《无用的美貌》。

他对我们说：

我在已往划船的日子里，见到过多少有趣的事和有趣的姑娘啊！我好多次想写一本题目叫《在塞纳河上》的小书，讲一讲我在二十岁到三十岁之间过的那种生龙活虎、无忧无虑、贫穷然而快乐、狂放而喧闹的节日般的生活。

我那时是个身无分文的职员；而现在，我是个功成名就、一时高兴可以一掷千金的人了。我那时心里怀着上千个小小的但是仍然无法实现的愿望，它们用各种各样虚构的期待把我的生活装点得辉煌灿烂。今天，我真不知道还有什么异想天开的念头能把我从打瞌睡的扶手椅上拉起来。那时,在巴黎的办公室和阿尔让特依①的河之间的那种生活,是多么简单,多么惬意,又多么艰难!十年里,我最大的、唯一的、最让我身心投入的爱,就是塞纳河。啊!这充满幻象和污物,美丽、平静、变化多端而又臭气烘烘的河哟!我那么爱它,我想,就因为在我看来它给了我生命的感觉。啊!沿着花儿盛开的河岸散步的那些时刻哟,我的青蛙朋友们敞着肚子在睡莲叶子上做梦,娇嫩的睡莲花在又高又细的水草中突然向我绽放,而在一棵柳树后面,翠鸟像一个蓝色火苗在我面前逃窜,草丛向我展开一页日本画册!我爱这一切,这是眼睛本能的爱,它传遍我的整个身体,化作一种自然而又深沉的愉悦!

就像其他人记得温柔的夜晚一样,我记得太阳在飘浮的晨雾中升起,那移动的水汽像黎明前死去的女人一样苍白,继而,当第一缕阳光溜到草地上,草地被照成令人心喜的玫瑰色;我还记得月亮用它让所有的梦想像花儿绽放的光明,把战栗的流水染成银白色。

---

① 阿尔让特依:巴黎西北面塞纳河畔的一个市镇,今属法兰西岛大区瓦兹河谷省。

而这一切，永恒幻想的象征，在我看来，都是在这把巴黎的所有垃圾运向大海的腐水上诞生的。

还有，和伙伴们在一起的那种生活是多么快乐啊！我们这一帮，一共有五个人，如今都是严肃的人了；我们那时候都穷，在阿尔让特依的一个简陋得可怕的小饭店里，建立了一个难以形容的营地，它只有一个当集体宿舍用的房间，我在那里度过了肯定是一生中最疯狂的夜晚。除了玩乐和划船，我们没有别的操心事，因为除了我们中的一个，划船对我们来说是一种迷信。我还记得这五个坏小子发明出的那么奇特的冒险、那么难以置信的恶作剧，今天没有任何人能相信。现在人们不再会这样生活了，哪怕是在塞纳河上，因为让我们忘乎所以的疯狂的兴致已经在现代人的心灵里死亡。

我们五个人只有一条船，是好不容易买来的，我们在这船上纵声大笑，以后再也不会这么笑了。那是一条多桨的大船，有一点笨重，但是结实、宽敞、舒适。我就不向你们描绘我这些伙伴的尊容了。有一个小个子，很滑头，绰号"小蓝"[①]；一

[①] "小蓝"：一种劣质葡萄酒的俗称，因其呈淡紫色而得此名。这里是莱昂·封坦（1850—1935）的绰号，他是莫泊桑青年时代的朋友，"叶背"号船员之一，担任过司法助理，写过一些纪念莫泊桑的文章。莫泊桑后来将短篇小说《木屐》题献给他。

个大个子，神情粗野，灰色的眼睛黑头发，绰号"战斧"①；另一个，风趣，但是懒惰，绰号"高帽子"②，我们当中唯有他从来不碰桨，借口是他会把船弄翻；还有一个瘦子，潇洒，打扮很讲究，绰号"独眼龙"③，为了纪念那时刚出版的克拉岱尔④的一部小说，也因为他总戴着一副单片眼镜；最后就是我，他们给我起名叫"李子树约瑟夫"⑤。我们相处得十分融洽，唯一遗憾的就是没有一个女舵手。一个女人，在一条船上是必不可少的。必不可少，因为女人能让人打起精神，头脑清醒，因为女人可以让人受到鼓舞，开心，解闷，感到

---

① "战斧"：北美洲印第安人用的斧头；这里是莫泊桑青年时代在巴黎西郊塞纳河上划船的伙伴、"叶背"号船员之一昂利·布莱纳（？—1894）的绰号。其母莱奥尼·布莱纳是福楼拜，也是莫泊桑的朋友，莫泊桑还曾将长篇小说《一生》献给她。
② "高帽子"：这里是罗贝尔·潘松（1846—1925）的绰号，他是莫泊桑最老的伙伴，"叶背"号的船员之一，曾和莫泊桑合作并演出过剧本《在"玫瑰叶"号船上》，为莫泊桑的小说提供过素材，写过关于莫泊桑的回忆文章。
③ "独眼龙"：这里是阿尔贝·德·儒安维尔的绰号，他是"叶背"号船员之一。
④ 克拉岱尔：全名莱昂·克拉岱尔（1835—1892），法国作家、诗人，作品有小说《可笑的受难者》（1862）、《独眼龙》（1882—1886）等。
⑤ "李子树约瑟夫"：是莫泊桑本人当时的绰号，他的早期作品，例如短篇小说《剥皮刑犯的手》，曾以此为笔名。

刺激，撑着一把红色的阳伞在两边绿色的河岸之间划过，还能充当装饰。不过我们不需要一个一般的女舵手，我们这五个人可是与众不同。我们需要的是让人意料不到的、有趣的、什么都能干的那种，总之，是几乎天下难找的女人。我们试了很多都没有成功，因为我们找的是真正的掌舵的姑娘，而不是愚蠢的女划船爱好者中的舵手，这些人并不怎么喜欢流淌和载舟的河水，而总是更喜欢醉人的小酒，我们只把她们留下星期日一天，然后就厌恶地把她们辞退。

然而，一个星期六的晚上，"独眼龙"给我们带来一个身材矮小的女孩，瘦弱，活泼，蹦蹦跳跳，爱开玩笑，满嘴逗乐的话，就是巴黎大街上的那些男女顽童当作俏皮话来说的逗乐话。她很可爱，但是长

得并不好看，一个什么都有的女人的草图，就像画家们吃过晚饭以后，在一杯烧酒和一支香烟之间，在咖啡馆的桌布上三笔两笔勾勒出的一个形象。大自然有时就是这么做的。

第一天晚上，她就让我们大为惊讶，把我们乐坏了，她是那么出人意料，让我们无话可说。落在这帮什么疯狂事都干得出的男人窝里，她很快就成了形势的主宰，从第二天起就把我们征服了。

另外，她完全痴狂，好像她出生时肚子里就带着一杯苦艾酒，想必是她母亲分娩的时候喝下去的；而且，从那时候起她就没有酒醒过，因为她的奶妈，据她说，就是大口大口喝塔菲亚酒①活血的；而她自己呢，总把排列在酒商柜台后面的所有那些酒瓶称作"我的神圣家族"。

我不知道是我们中间的哪一个给她起了"苍蝇"这个外号，也不知道为什么给她起了这样一个名字，但是这个外号对她很合适，就这么叫下去了。我们那条名叫"叶背"②的大

---

① 塔菲亚酒：一种原产于西印度群岛的甘蔗酒。
② "叶背"：莫泊桑等五个年轻朋友在塞纳河上划船时共有的一艘多桨船，这个名字取自一个民间用语，指爱恋的人常睡在叶下，只能看到叶子的背面。不过他们当年拥有的第一艘船叫"埃特尔塔"，第二艘船叫"玫瑰叶"。

船，每个星期都载着我们五个欢快而又强壮的小伙子，在一把印花纸的阳伞下，在一个活跃而又冒失的女孩的统领下，在阿尼埃尔①和梅松-拉斐特②之间的塞纳河上游荡。她对待我们就像对活该伺候她在河上逍遥的奴隶，而我们对她宠爱得五体投地。

我们所有人都很喜欢她，开始的理由很多，后来却只有一条。她坐在我们的船尾，就像一个会说话的小风车，迎着在水面上拂过的风叽里呱啦个不停。她就像那些在微风中转动的带翼的机械一样，用持续轻微的声音说个没完没了；她胡诌八扯地说着那些最出人意料、最可笑、最让人吃惊的事情。这个头脑里的各个部分看来很不调和，就像不是紧密缝合成一体，而是粗粗缝起来的各种质地各种颜色的破布块，有童话般的奇想、放肆的玩笑，有猥亵、粗俗、令人意外、引人发笑的段子，还有空气，就像乘气球旅行那样有空气和风景。

① 阿尼埃尔：法国市镇，今全称塞纳河上阿尼埃尔，位于巴黎西北近郊，今属法兰西岛大区上塞纳省。
② 梅松-拉斐特：巴黎西面的一个市镇，在塞纳河畔，今属法兰西岛大区伊夫林省。

为了引她不知从哪儿找来的那些回答，我们经常向她问这问那。我们最经常逗弄她的问题是：

"为什么大家叫你'苍蝇'？"

她找出来的理由是那么奇特，我们有时笑得连船也划不动了。

作为一个女人，她也让我们喜欢；从来不划船的"高帽子"，整天坐在她掌舵的座位旁边，有一次人们又像往常那样问她："为什么大家叫你'苍蝇'？"他抢着回答：

"因为她是一只小斑蝥①。"

是的，一只嗡嗡叫得让人兴奋的小斑蝥，不是那种典型的带毒的、闪闪发光的、背毛颜色不一样的小斑蝥，而是一只开始让"叶背"号整个船队都出奇地心神不宁的长着棕红色翅膀的小斑蝥。

在"苍蝇"停留过的这片叶子上，发生过多少愚蠢到荒唐的事啊！

自从"苍蝇"来到船上，"独眼龙"就在我们中间取得了高人一等的支配地位，一个在其他四个人旁边唯独他有女人

---

① 斑蝥：一种绿莹莹的小昆虫，又叫西班牙蝇，研成粉末服用，据说有刺激性欲的功能。

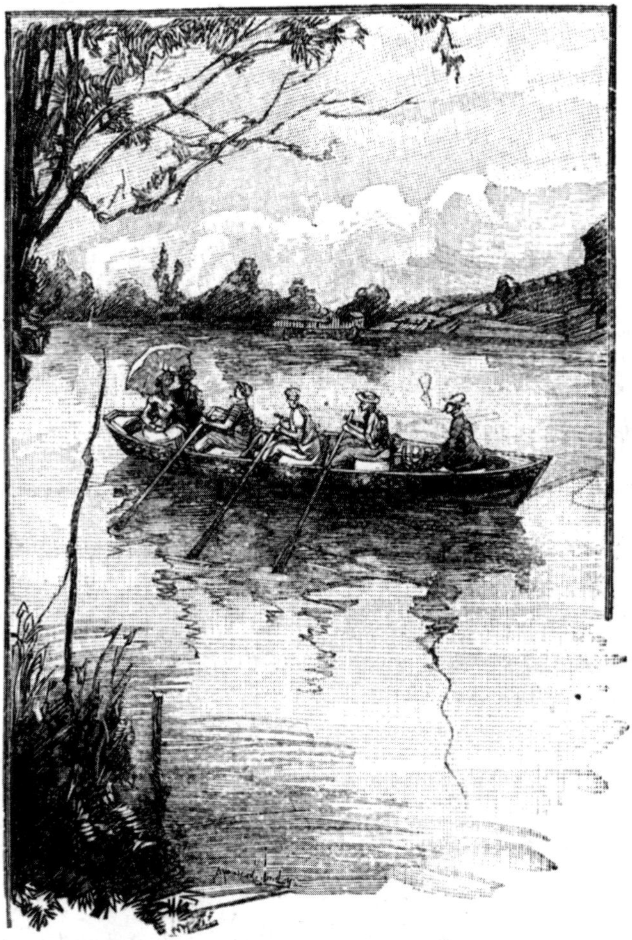

的男士的角色，而其他四个人都没有。他经常滥用这优先权，有时当着我们的面抱吻"苍蝇"，或者在饭后，让她坐在他的腿上，惹得我们十分恼火，让我们恼火的还有其他许多同样具有侮辱性而又刺激人的优先权。

我们索性在宿舍里用一道布帘子和他们隔开。

但是我很快就发现，我和我的伙伴都在我们孤独者的头脑深处做着同样的推理："为什么，根据哪一条特殊的法律，哪一个不可接受的原则，看来并不受任何成见约束的'苍蝇'非得忠于她的情人，而最高贵的阶层的女人连对她们的丈夫也不忠实？"

我们的思考是正确的。我们很快就理所当然地行动起来。只不过我们早就该这么做，也不至于为失去的时间而遗憾。"苍蝇"跟"叶背"号的其他所有船员都欺骗了"独眼龙"。

我们所有人都是第一次提出要求，她就毫不为难、毫不抵抗地欺骗了他。

我的天呀，讲究廉耻的人该要义愤填膺了。为什么？当今哪一个走红的交际花没有一打情夫，而这些情夫中又有哪一个愚蠢到连这一点也不知道？时尚不就是在一个有身价的著名女人家里度过一个晚上,就像去歌剧院、法兰西喜剧院或者上演半古典戏剧以后的奥德翁剧院,在那里度过一个晚上一样吗?十个人养活一个妓女,这让她难以支配时间,就好像十个人拥有一匹赛马,骑它的只能是一名骑师,他才是那个受宠爱的情人的真正形象。

出于谦让,我们把"苍蝇"从星期六晚上到星期一早上留给"独眼龙"。划船的日子都是属于他的。我们只是在周中,在巴黎,远离塞纳河,才欺骗他。对我们这些划船的人来说,这就不再算是欺骗了。

情况是那么特别,四个偷盗"苍蝇"宠爱的人都很清楚这种分享,他们彼此之间,甚至和她,经常谈起,用些欲露还掩的言辞,引得她哈哈大笑。只有"独眼龙"好像完全蒙在鼓里;这种特殊的处境让他和我们之间产生了隔阂,似乎把他撇开了、孤立了,在我们由来已久的信任和友谊之间竖起了一道篱笆。在我们看来,这种做法让他扮演了一个困难的、有点可笑的角色,一个被欺骗的情人、几乎是被欺骗的丈夫的角色。

因为他非常聪明,有绷着脸说笑话的特殊才能,我们有时也有些担心地互相询问,他是不是真的一点也没有猜到。

他刻意以一种令我们难堪的方式向我们提供了答案。一天上午,我们去布吉瓦尔①吃午饭,都在用力地划着桨;"高帽子"这天像个心满意足的男人那样,一副得意扬扬的神情,和女舵手并肩坐着,在我们看来,有点太过放肆地紧紧挤着她。忽听他大喊一声:"停!"

八支桨从水里抽了出来。

这时,他扭过头问旁边的女舵手:

"为什么大家叫你'苍蝇'?"

她还没有来得及回答,坐在船首的"独眼龙"用干巴巴的声音说:

"因为她落在所有死尸上。"

先是一阵寂静,一阵尴尬,接着是一阵抑制不住的笑声。"苍蝇"愣住了。

这时,"高帽子"下令:

"前进!"

---

① 布吉瓦尔:巴黎西面的一个市镇,位于塞纳河畔,今属法兰西岛大区伊夫林省。

船又向前划起来。

这个小插曲结束，事情也变得明朗了。

这个小小意外一点儿也没有改变我们的习惯。它只是恢复了"独眼龙"和我们之间的坦诚。他重新成为"苍蝇"从星期六晚上到星期一早上的受尊重的所有者。这次定义，不但终结了对"苍蝇"这个词的疑问的时代，而且牢牢地确立了他高于我们的优越地位。未来我们就满足于做心怀感激和一心一意的朋友的二等角色，谨小慎微地享受周内的日子，我们之间再无任何异议了。

就这样平安无事地过了将近三个月。可是"苍蝇"对我们所有人的态度突然变得奇怪了。她不像以前那么欢快，有些神经质，烦躁不安，几乎动不动就发火。我们不停地问她：

"你怎么啦？"

她总回答：

"没什么。让我安静些。"

一个星期六的晚上，"独眼龙"向我们透露了真情。我们在巴比松小饭馆老板为我们保留的小餐厅里坐下吃饭，喝完浓汤，正等着油煎鱼，我们这位朋友，显得愁眉苦脸的样子，先拿起"苍蝇"的手，然后说道：

"亲爱的伙伴们，我有一件非常严肃的事要告诉你们，这也许会引起长时间的争论。不过我们在上菜的间歇有足够的时间讨论。这个可怜的'苍蝇'向我宣布了一个灾难性的消息，她同时委托我转告你们。

"她怀孕了。

"我只补充两句话：

"现在不是遗弃她的时候，也不准追查父亲是谁。"

先是一阵惊愕，就好像感到大难临头了似的；我们互相看着，希望能把过失推给某一个人。可是哪个人呢？啊！哪个人？此时此刻，我从来没有像这样感觉到，大自然开的这个残酷的玩笑是多么阴险，它绝不允许一个人确定无疑地知道，他是不是自己孩子的父亲。

接着，逐渐地，我们感到了一种安慰，让我们精神振作起来，这种安慰之感反倒是来自模模糊糊的团结一致的感情。

平常不大说话的"战斧"，用这句话表明我们开始恢复平静：

"嘿，没关系，团结就是力量。"

一个厨房小学徒端来油炸鲍鱼。我们并不像平时那样一

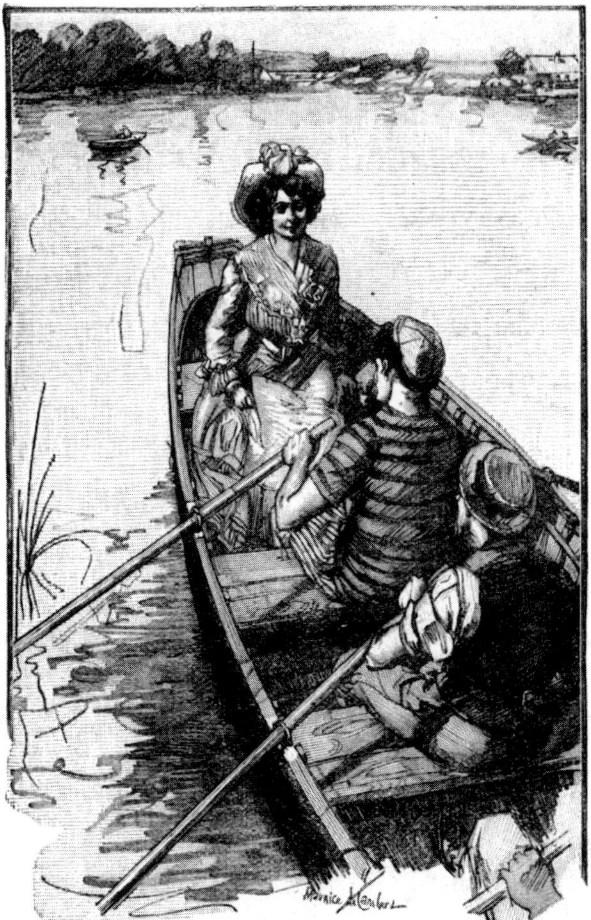

拥而上，因为毕竟心情还有些乱。

"独眼龙"又说：

"在这种情况下，她就委婉地把一切都向我招认了。朋友们，我们都同样有罪。让我们携起手来，收养这个孩子。"

这决定一致通过。我们向那盘油炸鱼出手，一起发誓。

"我们收养他。"

就这样，这已经有点情绪失常的可爱又可怜的多情姑娘，一下子得救了，从一个月以来折磨她的可怕焦虑的重压下获得了解脱。她大喊：

"噢！我的朋友们！我的朋友们！你们真是好心人……好心人……好心人……谢谢你们每一个人！"

她哭起来，这还是她第一次在我们面前哭泣。

从此，我们就常常在船上谈论孩子，好像他已经出生了似的，而且所有人都带着有些夸张的希望参与的感情，关心我们的女舵手身腰的缓慢而正常的进展。

我们经常停下桨，问：

"'苍蝇'呢？"

"我在这儿。"

"男孩还是女孩？"

"男孩。"

"他将来会怎么样？"

于是，她以最神奇的方式把想象推向高潮。一连串的故事讲个没完没了，尽是些令人瞠目结舌的奇事儿，从孩子出生之日直到他取得最后的胜利。这非同寻常的年轻女孩现在贞洁地生活在我们五个人中间，她叫我们孩子的"五个爸爸"。在她热情动人的天真的梦里，这孩子，它是一切。在她的想象中，他先是个海员，发现了比美洲还大的世界；他是将军，把阿尔萨斯和洛林①归还给法国；然后，他又是皇帝，建立了一个由宽厚聪明的君主们组成的帝国，给我们的祖国带来无限的幸福；然后他是学者，首先揭开制造金子的秘密，继而发现了长生不老的秘诀；再后来他是航天员，发明了访问其他星球的方法，把无垠的天空变成人类遨游的广阔天地，实现了最奇特、最辉煌的梦想。

天呀，这可怜的姑娘，她是那么可爱而又逗乐，一直到夏末！

---

① 阿尔萨斯和洛林：是法国的两个地区，法国在一八七〇年至一八七一年普法战争失败后割让给德国，第一次世界大战后才收回。

可是九月二十日这一天，她的美梦破灭了。我们从梅松-拉斐特吃午饭回来，路过圣日耳曼①的时候，她口渴，要我们在勒佩克②停一下。

一段时间以来，她身子越来越沉重，这让她很烦恼。她不能再像以前那样蹦蹦跶跶，也不能再像她习惯做的那样，一跃就从船上跳到岸上。可是她还是经常要试试，尽管我们每次都叫喊着拦住她；有二十次，如果不是我们伸手抓住她，她就摔倒了。

这一天，她逞能，冒失地想在船停下以前就跳下船，要知道，哪怕是运动员，如果身体欠佳或者疲劳了，这样做有时都会送掉性命的。

就在我们要靠岸的当儿，我们没有预料到，没有提防她会有这样莽撞的举动，她站了起来，一使劲，试图跳上码头。

可是她身体太虚弱了，仅仅脚尖碰到了石岸的边沿，滑了一下，整个肚子碰到了石头的尖角上，她大叫一声，落在

---

① 圣日耳曼：巴黎西面塞纳河畔的一个市镇，全称圣日耳曼-昂-莱，在今法兰西岛大区伊夫林省。
② 勒佩克：巴黎西北郊塞纳河畔的一个市镇，在今法兰西岛大区伊夫林省。

水里不见了。

我们五个人同时跳到水里，把这个可怜的人捞了出来，她气息奄奄，像死人一样面无血色，已经感到剧烈的痛苦。

我们不得不赶紧把她送到最近的客栈，请来一位医生。

流产经历了整整十个小时，她以英雄般的勇气经受住了可怕的折磨。我们心情沉重地围在她身边，万分焦急和害怕。

结果生出了一个死婴；在随后的几天里，我们一直非常为她的生命担忧。

一天上午，医生终于对我们说："我想她得救了。这个姑娘，真像钢铁一样坚强。"我们欣喜万分，一起走进她的房间。

"独眼龙"代表我们所有人,对她说:

"没有危险了,小'苍蝇',我们真高兴。"

这时,她第二次当着我们的面哭了,一边眼泪扑簌,一边结结巴巴地说:

"噢!要是你们知道就好了,要是你们知道就好了……这多么让人伤心……多么让人伤心……我永远也没法原谅自己!"

"有什么不能原谅自己的,小'苍蝇'?"

"因为我杀了他,我杀了他!噢!虽然是无意的!多么让人伤心啊!……"

她抽泣着,我们围着她,都很激动,不知对她说什么好。

她接着说:

"你们看见他了吗,你们?"

我们同声回答:

"看见了。"

"是个男孩,是不是?"

"是。"

"很漂亮,是不是?"

我们迟疑了很久。只有"小蓝",他是最不管不顾的,决定做出肯定的回答：

"非常漂亮。"

他错了，因为她呻吟起来，几乎是绝望地号叫起来。

于是，也许是最爱她的"独眼龙"，为了让她平静下来，生出一个绝妙的想法，吻着她的被泪水褪去了光泽的眼睛，说：

"想开些，小'苍蝇'，想开些，我们再让你生一个。"

她骨子里的喜剧感一下子苏醒了，尽管泪水涟涟，心里还非常痛苦，她半信半疑，半开玩笑似的，看着我们所有人，问：

"真的吗？"

我们一起回答：

"真的。"

淹死的人 *

* 本篇首次发表于一八八八年八月十六日的《高卢人报》；一八九〇年首次收入维克多·阿瓦尔出版社出版的莫泊桑小说集《无用的美貌》。

1

在费康①,人人都知道帕坦大妈的故事。帕坦大妈,她男人在世的时候她过得并不幸福;因为她男人老打她,就像人们在谷仓里打麦子一样。

从前他是一条渔船船主的时候娶了她,因为她很可爱,尽管她很穷。

帕坦是个好水手,但是性情粗暴。他经常去欧邦大叔的小酒馆,平常的日子喝四五小杯烧酒,出海运气好的日子能

---

① 费康:法国西北部的一个港城,濒临拉芒什海峡,今属诺曼底大区滨海塞纳省。

喝上八九杯，甚至更多，就像他说的，那要看他高兴到什么程度。

喝烧酒通常都是由欧邦大叔的女儿伺候。那是个看上去就让人喜欢的褐发姑娘。仅仅凭着相貌好就吸引来许多顾客，从来没有人说她的闲话。

帕坦每次走进小酒馆，一看见她就高兴，礼貌地跟她说几句话，规矩小伙子那种心平气和的话。喝了第一杯烧酒，他感到她更可爱了；喝了第二杯，他向她挤挤眼睛；喝了第三杯，他说："如果您愿意，德希蕾小姐……"从来不把话说完；喝到第四杯，他试图拉着她的裙子，拽住她，拥抱她；一直喝到第十杯，接下来就由欧邦大叔招待了。

老酒商懂得所有的窍门，他让德希蕾在酒桌之间流动，刺激人们消费；而德希蕾，作为欧邦大叔的女儿可不是可有可无的，她的裙子围着喝酒的人转来转去，跟他们开着玩笑，嘴儿笑嘻嘻的，眼睛俏皮地挤弄着。

烧酒一杯接一杯地喝多了，帕坦已经习惯了德希蕾的面孔，甚至出海了，在远离海岸的洋面上，不管是刮风的夜里或者平静的夜里，有月亮的夜里还是漆黑的夜里，把渔网撒下水的时候，他也想着她。当他的四个伙伴，把头搭在胳膊上打盹的时候，他在船尾扶着舵，还想着她。他仿佛看到她总在对他微笑，肩膀轻轻一耸，给她斟满一杯黄色的烧酒，然后一边走开一边说：

"好嘞！您满意了吧？"

由于眼睛里和脑子里总保留着她的影子，他生出了娶她的愿望，他再也忍不住了，就向她求婚。

他挺富有，有自己的渔船、自己的渔网，在面对蓄水池的山坡脚下还有一座房子；而欧邦大叔什么也没有。于是他被求之不得地接受了，婚礼也尽可能快地举行，因为出于不同的原因，双方都急于把喜事办了。

但是，结婚后的第三天，帕坦就弄不懂自己怎么会相信德希蕾就不同于其他女人。真的，他一定是个傻瓜，才会让一个一文没有的女人拖累自己，她一定是用她的烧酒，在里面下了什么脏药，迷糊了他！

整个鱼汛期间他都不停地骂街，有时恨得把嘴里的烟斗也咬断了，还动手打他的船员；他用满嘴习惯的词句把他认识的一切骂了个遍，又把肚子里的余怒发泄在从网子里取出的一个个鱼和鳌虾身上，把它们扔进柳条筐里的时候，也伴以骂声和脏话。

回家以后，欧邦的女儿近在咫尺，要打要骂十分方便，他没有迟延，就像对待最下贱的女人一样对待她。她习惯了父亲的暴虐，忍气吞声地听凭他辱骂，她息事宁人反而让他气急败坏；一天晚上，他终于大打出手。从此，在他家里，可怕的生活开始了。

在十年的时间里，蓄水池边的人一张口讲的就是帕坦打他老婆的话题，以及他跟她说话的时候，辱骂她的方式。的确，他谩骂的方式很特别，词汇那么丰富，嗓音那么响亮，在费康没有人比得了。他捕鱼回来，出现在海港的入口，等在那里的人就能听到，他一看到妻子的白色软帽，就要从甲板向防波堤发射过来的第一通骂声。

在大海汹涌

的日子里，他站在船尾，操纵着船，眼睛向着前方，看着船帆，尽管要当心狭窄难行的通道，尽管浪涛像高山一样涌进狭窄的过道，他仍然试图在飞溅的浪花下等候船员的女人们中间认出他的妻子，欧邦大叔的女儿，那个臭叫花子！

他一看见她，也不顾海浪和海风的声音有多大，就向她抛出一阵谩骂，嗓音那么响亮，所有人都笑起来，虽然人们都很同情她。然后，等船靠了码头，他更是变本加厉，一面卸鱼，一面像他自己说的，把他压舱的礼貌话也都卸下来，在他泊船的缆绳周围吸引来所有的顽童和港口上游手好闲的人。

从他的嘴里刮出来粗话的飓风是那么猛烈，有时像炮声，可怕而短暂，有时像雷鸣，轰轰隆隆足有五分钟，仿佛永恒天主的风暴雷霆，全都聚集在他的胸中。

接着，他下了船，就在看热闹的人和渔妇们中间，指鼻子冲脸，向她倾泻出从仓底捞起的整整一仓新的脏话和狠话。他就这样把她一直领回家，她走在前面，他跟在后面，她哭，他吼。

回到家，关上门，只剩下他一个人和她在一起了，稍有借口他就打她。什么借口都足以让他抬起手来，而且一旦开始，就不会罢休，冲着她的脸把痛恨她的真正原因都抖搂出来。每扇一巴掌，每抡一拳头，他都会狂吼："啊！叫花子，啊！臭乞丐，啊！饿死鬼，用你骗子爸爸的劣等烈酒润嗓子的那一天，我真是倒了大霉！"

这可怜的女人，她现在生活在不断的恐惧中，灵魂和身体无时无刻不在战栗，总是在胆战心惊地等待着新的侮辱和痛打。

就这样过了十年。她那么惶恐，无论跟什么人说话都脸色煞白；她什么也不再想，只想着威胁她的打骂；她变得比一条熏鱼还瘦，还黄，还干巴。

2

一天夜里，她的男人已经出海了，她突然被一阵像撒出来的狗发出的低叫声般的风声惊醒！她很紧张，连忙在床上坐起来，然而却再也听不到什么了。她重又睡下；但是，几乎，壁炉里立刻传来一种哞哞声，震撼全屋；而且这声音在天空里扩散开，就像一群愤怒的动物一样呼哧喘着、哞叫着，穿过空间。

于是她从床上起来,向码头跑去。一些妇女拿着风灯从四面八方聚拢过来;男人们也纷纷赶到;大家都看着黑夜的海面上浪尖闪亮的白沫。

暴风雨持续了十五个小时。十一个船员都没有回来,帕坦就在其中。

人们在第埃普①的海岸上发现了他的"小阿美莉"号的残骸,人们在圣瓦雷里②附近找到了他的船员们的遗体,但是一直没有发现他的踪迹。由于船体好像劈成了两半,他的

---

① 第埃普:法国西北部的一个港城,濒临拉芒什海峡,今属诺曼底大区滨海塞纳省。
② 圣瓦雷里:法国西北部的一个港城,濒临拉芒什海峡,今全称科区圣瓦雷里,属诺曼底大区滨海塞纳省。

妻子在很长的时间里都在等待而又惧怕着他的归来；因为，如果是发生了一次两船相撞的事故，撞他船的那条船有可能把他，只把他一人救上来，把他带到遥远的地方。

不过后来，逐渐地，她习惯了自己已经是寡妇的想法，每当一个邻家妇女、一个乞丐或者一个流动商贩突然走进她家，她就会打个寒战。

然而，在她的男人失踪了四年以后的一天下午，她在犹太人街走着，在一个最近死去的老船长的房子前面站住，因为人们在出售他的家具。

这时，正在拍卖一只鹦鹉，一只蓝脑袋的绿鹦鹉，这只鹦鹉不满而又不安地看着围着它的人群。

"三法郎！"拍卖的商人嚷着，"一只像律师一样能说会道的鸟，才三法郎！"

帕坦的一个女朋友推了推她的胳膊肘，说：

"您有钱，您应该买下它，"她说，"它可以跟您做伴；这个鸟，值三十多法郎。您以后把它卖出去，能卖到二十到二十五法郎呢。"

"四法郎，太太们，四法郎，"那个男人又说，"它能像本堂神父先生一样唱晚课和布道。它简直就是一个奇物……

一个奇迹!"

帕坦老婆加了五十生丁①,那个人把这只鹰钩鼻的鸟放到一个小笼子里,交给她,她就带走了。

把它安置在家里以后,她打开铁丝门要喂它水喝的时候,她的手指被它啄了一下,啄破了皮,血都流出来了。

"啊!它真坏!"她说。

不过她还是把大麻籽和玉米递给它吃了,然后就随它去一边梳理自己的羽毛,一边神情诡异地窥视它的新家和新的女主人。

第二天,天开始亮的时候,帕坦老婆清楚地听见一个声音,一个有力、响亮、轰隆隆的声音,分明是帕坦的声音,大喊:

"起来,贱货!"

她顿时胆战心惊,连忙把头钻进被窝,因为从前,每天早晨,她一睁开眼,她的那个已亡人就在她耳边这样吼叫,她太熟悉他常说的这四个字了。

她浑身战栗,缩成一团,伸出脊背,已经在等待一顿痛

---

① 生丁:法国旧时辅币,五生丁等于一个苏,一百生丁等于一法郎。

打。她脸藏在被窝里,小声说:

"老天爷,就是他,老天爷,就是他,他回来了,老天爷!"

几分钟过去了,再也没有任何声响打破卧室里的平静。她这才颤颤巍巍地把头探出来,因为她肯定他就在那儿,在盯着她,准备打她。

可是她什么也没有看见,只看见从窗口射进的一缕阳光,她想:

"他一定是藏起来了。"

她等了很久,后来,她稍稍放心一点了,就想:

"既然他不露面,也许我刚才是做梦。"

她又闭上眼睛,她现在有点放心了;但这时,在很近的地方,又响起那个溺死者雷鸣般愤怒的吼叫:

"他妈的,妈的,妈的,妈的,起来,贱……!"

她服从的习惯,挨惯了毒打的女人的消极服从的习惯,即使过了四年她仍然记得,而且将永远记得,她会永远服从这声音!这服从的习惯把她掀起来,她连忙跳下床,说:

"我在这儿,帕坦,你要做什么?"

但是帕坦没有回答。

她心慌意乱,四下张望,然后到处找,把大衣柜、壁炉里、床底下都找遍了，也没有找到一个人影，最后她倒在一张椅子上，害怕得要命，因为她深信帕坦的灵魂就在那儿，他回来就是为了折磨她。

她突然想起顶楼的仓房，屋外有一个梯子可以上到那里。他肯定藏在那里，要给她来个突然袭击。他想必是被野蛮人关押在某个大海的岸上，没有能够更早地逃脱，现在回来了，变得比任何时候都更加凶恶。她毫不怀疑是他，只听他的声音就够了。

她扬起头望着天花板，问：

"你在上面是吧，帕坦？"

帕坦没有回答。

于是她走出去，可怕的恐惧让她心惊肉跳，她顺着梯子爬上去，推开老虎窗，往里看，什么也没看见，她钻进去找，什么也没有找到。

她在一捆麦秸上坐下，哭起来；但是，就在她哭泣的时候，一阵钻心的超自然的恐惧穿透她全身，她听见在下面，在她的卧室里，帕坦在说话。他似乎不那么怒气冲冲，显得稍微平和些了。他在说：

"——该死的天气！——好大的风啊！——该死的天

气!——我还没有吃早饭呢,他妈的!"

她连忙透过天花板,说:

"我在这儿,帕坦,我这就来给你做浓汤,别生气,我就到。"

她急忙跑下来。

可是她卧室没有任何人。

她感到精疲力竭,就好像死神伸出的手已经碰到了她;她正要逃跑,向邻居求救,一个声音紧贴在她的耳边,叫喊:

"我还没有吃早饭,他妈的!"

而那只鹦鹉,这时正在笼子里,睁大了它狡黠、凶恶的圆眼睛看着她。

她也看着它,不禁大吃一惊,嘀咕着:

"啊!原来是你!"

它摇着头，又说：

"等等，等等，等等，我来教你偷懒！"

她心里在想什么？她感到了，她明白了，这的确是他，已经死去的他，藏在这个畜生的羽毛里，回来了，就为了重新开始折磨她；他就要像从前那样，整天咒骂，还咬她，喊叫些侮辱人的话，招邻居们围观，让他们耻笑。于是她冲过去，打开笼子抓住那只鸟。那只鸟自卫，用它的嘴和爪子扯她的皮肤。但是她用两只手使尽全力抓住它，她扑在地上，像魔鬼附体似的在它身上打滚，碾压它，把它碾成一摊烂肉，一小坨绿色的软东西，不再动弹，不再说话，耷拉着。然后，她用一块抹布，像裹尸布一样把它包起来，她走出去，外衣也不穿，赤着两只脚，穿过急促的海浪拍打着的堤岸，她抖动裹尸布，让这个有点像青草似的小尸体落了下去。然后，她回到家，在空笼子前面跪下，刚刚做的事让她心乱如麻，她涕泣着向善良的天主求饶，就像她犯下了一桩大罪。

考验*

* 本篇首次发表于一八八九年七月十三日的《巴黎回声报》；一八九〇年首次收入维克多·阿瓦尔出版社出版的莫泊桑小说集《无用的美貌》。

1

邦戴尔夫妇可以说是一对好夫妻，尽管有一点好斗，经常为了无关紧要的事磕磕碰碰，不过很快又和好如初。

邦戴尔以前从商，积攒了一些家底，足够他按自己简朴的爱好生活了，于是弃商赋闲，在圣日耳曼租了一幢小楼，他和妻子就住在那里。

他是个沉稳的人，他的那些想法都根深蒂固了，很难改变。他受过教育，经常读一些严肃的报纸，不过他也欣赏高卢人的幽默感。他头脑清楚，逻辑性强，又有法国灵巧的中产阶级的突出优点——良好的务实精神，想得虽少，但是想法稳妥，只在反复衡量、本能告诉他万无一失以后才做出决定。

他中等身材,头发花白,仪表堂堂。

他妻子呢,有很多突出的优点,也有若干缺点。她容易发火,率直得近乎粗暴,执拗得不依不饶,跟别人有什么过不去的时候不容易消气。她以前长得挺标致,后来变得太胖了,面色也太红了,不过还过得去,在圣日耳曼,他们住的这个街区,算是个很漂亮的女人,总摆出一副神气十足的样子,显示她多么健美。

两口子之间的争执几乎总是在吃午饭的时候,在某个微不足道的讨论过程中开始;接着,他们就赌起气来,一直到晚上,还经常延续到第二天。他们的生活是那么简单,圈子是那么狭窄,一个小小的想法都能被赋予严重的性质,谈到什么都会变成一场争执的主题。过去可不是这样,当时他们做买卖,生意占据了他们的头脑,忧喜与共,把他们的心紧密相连,把他们罩在一起,固定在一张协作和利益共享的网子里。

但是在圣日耳曼,能见到的人很少,他们需要认识新人,在陌生人中间为自己创造一个优哉游哉的新生活。可是,在单调的时光中,他们反而变得彼此有点刻薄了;随着生活宽裕而来的理想和期待中的安宁的幸福却没有出现。

六月的一个上午,他们刚坐下吃饭,邦戴尔问:

"你认识住在贝尔索街头的那座小红楼里的人吗?"

邦戴尔太太大概心境不好,回答:

"认识,也不大认识。我认识他们,不过我不想认识他们。"

"为什么?他们看上去挺和气。"

"因为……"

"我今天早上在平台①遇见了那个丈夫,我们一起兜了

---

① 平台:位于巴黎西郊圣日耳曼－昂－莱森林旁,面临塞纳河谷地,建于十七世纪末,从那里可以纵览巴黎。

两圈。"

意识到空气有点紧张,邦戴尔忙又补充一句:

"是他先走过来跟我说话的。"

妻子不高兴地瞅了他一眼,说:

"你本来就应该躲着他。"

"为什么?"

"因为有人说他们的闲话。"

"什么闲话?"

"什么闲话!我的天呀,就是人们常说的闲话呗!"

邦戴尔先生错在有点激动。

"我亲爱的朋友,你知道我是讨厌闲话的。只要有人说谁的闲话,我就会觉得谁好。至于刚才讲到的这家人,我呢,我觉得他们好极了。"

她大为恼火,问:

"大概,那个女人也一样啰?"

"我的天呀,当然啰,那个女人也很好,尽管我很少看到她。"

争论继续,慢慢地越来越紧张,由于没有其他的题材,在同一个主题上的纠缠就越发激烈。

邦戴尔太太怎么也不肯说出有人说了这家邻居什么闲话，弦外之音反正是丑事，但又不肯明确说是什么丑事。邦戴尔耸了耸肩膀，嘲笑着，刺激着他妻子。她终于忍不住了，大声说：

"哎呀！那位先生戴了绿帽子，就是这么回事！"

丈夫仍然不动声色，说：

"我看不出这怎么会有损一个男人的名誉？"

她大为惊讶：

"怎么，你看不出？……你看不出？……这太过分了，的确是这样……你看不出？但这已经是尽人皆知的丑闻，他戴绿帽子了，所以说他的名声已经败坏！"

他回答：

"啊！才不呢！一个男人因为有人骗了他就名声败坏？因为有人背叛他就名声败坏？因为有人偷了他就名声败坏？……啊！才不呢！关于他妻子，我同意你的看法，但是关于他……"

她已经怒不可遏了：

"对他和对她都一样。他们都名誉扫地了，这已经是人所共知的丢人的事。"

邦戴尔仍旧很冷静，问：

"首先，这是真的吗？如果没有当场抓住，谁能证明确实发生过这样的事？"

邦戴尔太太坐不住了。

"怎么？谁能证明？所有人都能！所有人！一件这样的事，就像眼睛长在脸上一样，是明摆着的。所有人都知道，所有人都在说，没有疑问。这就像盛大的节日，家喻户晓。"

他嘲讽地说：

"人们在很长时间里也都以为太阳是围绕地球转的，还有其他上千桩尽人皆知的事，而事实上都是错误的。这个人很爱他的妻子：他谈起她来很有感情，十分尊敬。你说的不是真的。"

她气得直跺脚，结结巴巴地说：

"他要是知道倒好了，这个傻瓜，这个呆子，这个名声败坏的人！"

邦戴尔仍然不生气，而是继续说道理：

"对不起。这位先生并不傻。相反，在我看来他很聪明，很敏锐；你没法让我相信，一个这么有头脑的人，竟然看不出发生在自己家里的这种事，而并不在他家里的邻居们，却对这奸情的所有细节了如指掌——他们肯定是知道每一个细节喽。"

邦戴尔太太快活得发狂，这刺激了丈夫的神经。

"哈！哈！哈！所有的男人都一样，所有的，所有的！世界上没有一个男人能发现这种事，除非人家把事情摆到他鼻子底下。"

争论改变了方向。它转向被欺骗的丈夫是否都是睁眼瞎的问题，他怀疑，她肯定，而且带着她特有的轻蔑的神情。他终于动气了。

于是争论变得感情用事，她站在女人一边，而他为男人辩护。

他自命不凡地宣称：

"我嘛，我敢跟你打赌，如果我被欺骗，我一定能看出来，而且立刻就能。我甚至能让你失去这个嗜好，方法是那么见效，需要不止一个医生才能把你治好。"

她的怒气又来了，冲着他的脸大嚷：

"就你？就你？你听着，你跟其他男人一样愚蠢！"

他再一次肯定：

"我敢跟你打赌：我绝不会受骗！"

她大笑一声，那笑声如此无礼，把他气得心一阵剧跳，皮肉直打哆嗦。

他第三次肯定：

"我，我一定能发现。"

她站起来，又是那样一阵狂笑：

"算了吧，不可能！"

她捶着门走了出去。

2

邦戴尔独自一人很不自在地待在那儿。那无礼、挑衅的笑声，就像飞蝇的毒针刺了他一下，他起初不觉得，但是很快就感到火辣辣的，无法忍受。

他走出家门，一边走，一边胡思乱想。新生活的孤寂让他把一切都想得很凄凉，看得很暗淡。这时，他早上遇见的那个邻居突然又出现在他面前。他们握过手就聊起来。东拉西扯聊了几个话题以后，他们谈到各自的妻子。两个人似乎都有什么心里话要倾诉，就是关于和他们的生活紧密相连的那个存在：一个妻子的天性，他们有某种无法解释、模模糊糊、令人难堪的东西要倾诉。

那个邻居说：

"真的，好像她们有时对自己的丈夫有一种特别的敌意，只因他是她们的丈夫。而我，我很爱我的妻子，我很爱她，我欣赏她，我尊重她；可好！她有时倒好像对我们的朋友们比对我更信任、更随便。"

邦戴尔立刻想："得，还是我老婆说得对。"

和这个男人分手以后，他又返思起来。他感到自己灵魂里模模糊糊地有一堆矛盾的思想混杂在一起，痛苦地翻腾着。他耳朵里还回响着那无礼的笑声，那令人恼火的笑声似乎还在说："你跟其他男人一样，傻瓜！"显然，这是一个挑战，为了伤害、侮辱、激怒自己的男人，什么都敢做、甘冒一切危险的女人的肆无忌惮的挑战。

这么说，这位先生大概也是一个被欺骗的丈夫啰，就像许许多多其他的丈夫一样。他伤感地说："她有时倒好像对我们的朋友们比对我更信任、更随便。"这就是一个丈夫——被法律称之为丈夫的这个感情上的盲者——看到他妻子对别的男人特别关怀时能够发表的意见。而且仅此而已。他看不到更多的东西。他跟其他的丈夫一样……跟其他的丈夫一样！

接着，像自己的妻子一样，邦戴尔古怪地笑了一声："你也一样……你也一样……"这些女人，仅仅为了挑战一下的快感，就把无耻的猜疑注入丈夫心里的女人，多么疯狂和放肆啊！

他回想他们的共同生活，在他们以往的关系里寻找她是否对某个男人表现过比对他自己更多的信任和随便。他是那么安于现状，对她是那么放心、信任，他心里从来没有怀疑过任何人。

不过，他想起来了，她有过一个男朋友，一个很要好的男朋友，那人曾经在近一年的时间里，每周三次来他们家吃晚饭。唐克莱，这个和善的唐克莱，这个诚恳的唐克莱；而他，

邦戴尔，就像兄弟一样喜欢他；不知为什么他妻子跟这个可爱的小伙子闹翻了，以后他还偷偷地继续去看他。

他停下来，以便仔细思考，用不安的眼光审视过去。接着，对自己、对我们每个人身上都附着的不信任、嫉妒、恶意、捕风捉影的那个我，他心中泛起了一股强烈的反感。他谴责自己，责怪自己，责骂自己，但同时他仍在回忆那个朋友的每一次来访、每一个举动。他的妻子当时是那么欣赏他，但后来又莫名其妙地把他赶走。不过其他一些回忆也突然涌现在他的脑海，几桩类似的断绝来往的事，皆由于邦戴尔太太爱记仇，稍有一点冒犯，她就再也不会原谅。想到这里他释然地笑了，笑那开始纠缠他的苦恼；想起以前晚上回家，对妻子说："我遇见了那个善良的唐克莱，他向我打听你的消息。"妻子那满脸仇恨的表情，他完全放心了。

她总是回答："你再见到这位先生，就跟他说，我请他不必关心我了。"啊！说这些话的时候，她的神情多么严厉，脸色多么凶狠呀！让人完全感觉得到，她不会原谅，绝不会原谅……他怀疑过吗？有过一秒钟的怀疑吗？……天哪，多么愚蠢啊！

可是，她为什么这么生气呢？她从来没有讲过这次不和的确切动机和她记恨的理由。她对他的怨恨非常强烈！非常强烈！莫非？……不……不可能……邦戴尔对自己说，哪怕设想一下这样的事情，也是自我贬低。

是的，那无疑是自我贬低，但他还是情不自禁地这么想，并且担心地自问：这个已经进到他头脑的想法是不是会长留不散，他心里是不是已经种下长期折磨他的病根。他了解自己；他以前是个有了疑问就反复思考的人，就像做生意的时候那样，没日没夜，总在不断地衡量利弊得失。

他变得心绪不宁，走得更快，正失去冷静。人们对思想是完全无可奈何的。它是捉不到，赶不走，杀不死的。

他心里忽然生出一个计划，这计划很大胆，大胆到他起初都怀疑自己会不会去执行。

以前他每次遇见唐克莱，唐克莱总要问起邦戴尔太太的情况；邦戴尔总是回答："她还有点生气。"便没有更多的话可说了——天哪……他自己难道也是一个这样的丈夫？……也许！……

于是，他决定乘火车前往巴黎，去唐克莱那儿，当天晚上就带他来自己家，对他说，妻子对他的莫名其妙的怨恨已经过去。就这样！不管邦戴尔太太会是什么脸色……吵成什么样！……生多大的气！……闹出多大的丑闻！……活该，活该……这件事对她的狞笑将是很好的报复；还有，在她毫无准备的情况下，看到他们突然面对面，他就能从他们的脸上捕捉到真实的感情。

3

他立刻去火车站买了票，上了车。当他感到列车沿着勒佩克的坡道而下，他有点怕了，面对自己斗胆去做的事情感到一阵晕眩。为了不屈服，不后退，不一个人回来，他竭力不再去想这件事，用其他的事来排解，他怀着不计后果的决心做他已经决定做的事。为了麻痹自己的思想，他哼着轻歌剧和咖啡馆音乐的曲调，直到巴黎。

可是，走到通往唐克莱家那条街的人行道，他马上又想止步不前了。他在几家店铺前走来走去，注视一些商品的价格，关心一些新的商品，想去喝一大杯啤酒，这可不大像他的习惯。快到他朋友的住所时，他真希望他不在家。

可唐克莱在家，他一个人，在看书。他喜出望外，站起

来，大呼：

"啊！邦戴尔，真想不到！"

邦戴尔很窘，回答：

"是呀，我亲爱的，我到巴黎来买东西，进来向您问个好。"

"太好了！太好了！尤其您已经很久不来我这儿了。"

"您叫我怎么办呢？人都难免受影响，既然我妻子好像对您有意见……"

"哎哟……好像？……她做得比这还过分，她把我赶出门了。"

"可是因什么而起的呢？我呀，我始终不知道。"

"唉！不为什么……只为一点小事……一次争论中我

不同意她的看法。"

"什么争论？"

"关于一个您也可能知道名字的太太，布坦太太，我的女朋友中的一个。"

"啊！原来是这样……嘿！我相信我的妻子已经不怨恨您了，今天上午她跟我谈起您，语气挺友好。"

唐克莱打了个哆嗦。他看来那么惊讶，好一会儿不知说什么是好，过了一会儿，才说：

"她跟您说起过我……语气还挺友好?……"

"是呀。"

"您肯定?"

"当然啰!……我又不是在做梦。"

"然后呢?……"

"然后……趁着我来巴黎,我就想把这情况告诉您,让您也高兴一下。"

"我当然高兴……当然高兴……"

邦戴尔显得犹豫起来,静默了一会儿,然后说:

"我甚至有一个……别出心裁的想法。"

"什么想法?"

"请您跟我一起去我家吃晚饭。"

听到这个建议,出于自然的谨慎,唐克莱有点不安:

"啊!您认为……这可能吗……可别生出……生出……什么事来。"

"绝不会……绝不会。"

"情况是……您也知道……邦戴尔太太,她有点爱记仇。"

"是的。不过我向您担保她不怨恨您了。我甚至相信,她这样出其不意地看到您,一定会很高兴。"

"真的?"

"当然!真的!"

"那么!走,我亲爱的。我呢,我非常高兴。说真的,这次失和让我很难过。"

说走就走,他们臂挽着臂,前往圣拉萨尔火车站。

一路上他们都默不作声。两个人都好像深陷在沉思中。在车厢里,他们面对面坐着,互相看着,一言不发,都看到对方脸色苍白。

下了车,他们又互相挽起臂来,就好像要联合起来面对一个危险。走了几分钟,他们在邦戴尔家前面停下,两个人都有些气喘吁吁。

邦戴尔请他的朋友先进,自己跟在后面进了客厅,唤来女仆,问:

"太太在家吗?"

"在,先生。"

"劳驾,请她立刻下来。"

他们在扶手椅里坐下,心情紧张地等待着,他们现在都有同样的欲望:乘那可怕的高大身躯还没出现在门口,赶快逃走。

一个熟悉的脚步声,有力的脚步声,从楼梯上下来。一只手在摸门的把手,两个男人的眼睛看到铜把手在转动。紧接着,门大开,不过,邦戴尔太太停下来,想在进屋前先看个清楚。

她一看,脸红了,战栗了一下,后退了一小步,然后站住一动不动,血涌到面颊,双手扶着门两边的墙。

唐克莱脸色苍白,几乎要昏倒似的,他站起来,任随帽子掉在地板上滚动。他结结巴巴地说:

"我的天呀……太太……是我……我以为……所以我斗胆……这让我太难过了……"

见她不回答,他接着说:

"您真的原谅我了……是吧?"

这时,热情冲动之下,她突然伸出两手向他走过来,抓住他的手紧握不放,用激动、沙哑、断续,连她的丈夫都几乎认不出的声音轻声说:

"啊!我亲爱的朋友……我太高兴了!"

邦戴尔,在一旁看着他们,只觉得从头到脚冰凉,就好像被人摁着洗了个冷水澡。

假面具*

* 本篇首次发表于一八八九年五月十日出版的《巴黎回声报》；一八九〇年首次收入维克多·阿瓦尔出版社出版的莫泊桑小说集《无用的美貌》。

这天晚上爱丽舍-蒙马特尔乐园①举行化装舞会。正赶上四旬斋②中间的狂欢日，人群像河水涌入闸门般涌进通往舞会大厅的灯火辉煌的过道。乐队像在掀起一场音乐的风暴，响声震耳欲聋，墙壁和房顶都被穿透。这响声传遍整个街区，从大街到深宅，唤醒沉睡在人类心底的要蹦跳、要热闹、要玩乐的无法抑制的动物的欲望。

常客们正从巴黎的各个角落到来；各阶层的人都有，他们喜爱喧嚷的、有点放荡、带点淫猥的粗俗娱乐。这些人里

---

① 爱丽舍-蒙马特尔：巴黎的一个娱乐场，创立于一八〇二年，位于蒙马特尔街区罗什舒阿尔林荫大道。
② 四旬斋：根据基督教的传统，复活节前四十天为封斋期，也称四旬斋，第三个星期的星期四为狂欢日。

有小职员，权杆儿①，妓女，从普通棉布到最上等的细麻布、衣着各式各样、良莠不齐的妓女，年老的、浑身珠光宝气的有钱的妓女，以及十五六岁妙龄、渴望找点欢乐、找个男人、花点钱的穷妓女。为了寻觅小鲜肉或者花谢了肉还美的果子，穿潇洒黑礼服的男人们在这兴奋的人群中蹿来蹿去，东找西找，东闻西嗅；与此同时，为了开心取乐，戴假面具的舞者们手舞足蹈，特别地欢实。著名的四人舞风风火火，已经在周围吸引了厚厚一圈观众。波动的人篱，男男女女蠕

---

① 权杆儿：靠妓女生活的人。

动的肉团，把四个舞者团团围住，像一条盘起来的蛇，随着艺术家们的分分合合，时而收拢，时而后退。两个女的，大腿就像用橡胶弹簧连在身体上似的，用腿做出种种惊人的动作。她们那么使劲地把腿甩向空中，下肢仿佛要飞向云端；她们接着又把两腿叉开，好像一直劈到下腹，一条腿往前滑，一条腿往后滑，两腿的中心触地，迅速地做一个让人反感而又觉得有趣的大劈叉。

她们的男舞伴则频频地蹦蹦跳跳，快速地舞动着两只脚，摇晃着身体，时而摆动，时而高举着像没有羽毛的残肢一样的双臂，不难猜想，他们在假面具下面一定是气喘吁吁。

他们中的一个，在最有名的四人舞中临时顶替一个缺席的名演员，一个英俊的有"少女梦中人"之称的名演员；他竭力地跟着那个不知疲倦的"小牛脊骨"，跳出些古里古怪的男子单舞步，引起观众阵阵欢呼和嘲笑。

他身体很瘦，穿得像个纨绔子弟，脸上戴着一个涂了清漆的漂亮的假面具，面具上画着一副两端卷曲的金黄色小胡子，连着一个鬈发的头套。

他的模样就像格雷万蜡像馆①里的一尊蜡像，或者时装画册上的标致男青年奇怪而又夸张的漫画像。他跳舞确实很有劲头，不过也很笨拙，情绪激动得可笑。他试图模仿旁边几个人的跳跃动作时显得迟钝：他好像行动困难，沉重得像一条跟猎兔狗游戏的小凶狗。一些爱作弄人的观众还给他加油。他呢，热情得陶醉，疯狂地跳着，忽然一个猛烈的前冲，他的头向人墙撞去，人墙闪开一个缝儿让他穿过，又在他周围合拢，只见这舞者的身体已经没有生气，脸朝下趴在地上，一动不动。

几个人把他扶起来，抬走。有人喊："哪位是医生？"一位先生站出来，是个青年人，很优雅，穿一身黑色礼服，舞会衬衫上镶着大粒的珍珠。他语气谦逊地说："我是医学院的教授。"人们给他让路，他来到一间像代理商的办公室一样堆满纸箱的小房间，见到那个跳舞的人。人们让那人躺在几张椅子上，他依然没有知觉。医生首先想取下他的假面具，发现那面具是以很复杂的方式、用许多细金属丝巧妙地连在

---

① 格雷万蜡像馆：坐落在巴黎第九区蒙马特尔林荫大道的一家著名的陈列馆，由画家阿尔弗雷德·格雷万（1824—1892）于一八八二年创立，专门展览古今世界名人的逼真蜡像。

假发边缘，把整个脑袋严严实实地封闭在里面，要想打开必须知道其中的窍门。他的脖子也是禁锢在一层假皮肤里，这个皮肤套涂成肉色，从下巴延伸下来，一直到衬衫的领子。

必须用很坚固有力的剪子把这一切剪开；医生在这惊人的组合体上从肩膀到鬓角剪开一个大口子，揭开外壳以后，发现里面是一张苍白、瘦削、满是皱纹、历尽沧桑的老人的脸。刚才把这戴着卷发的年轻假面具的舞者抬进来的几个人是那么惊讶，没有一个人笑，也没有一个人说一句话。

人们看着躺在草垫椅上的这张可怜的脸，闭着眼睛，乱糟糟尽是白毛，长点的，从脑门耷拉到脸上，短些的，长在面颊和下巴上；而在这可怜的脸旁边，那小小的、涂了清漆的漂亮的假面具，那精神饱满的假面具，一直在微笑。

这个人昏迷了很久，后来苏醒了，但是看上去还是那么虚弱，那么不舒服，医生生怕会出现什么危险的情况。

"您住在哪儿？"他问。

跳舞的老人仿佛在记忆中寻找，后来想起来了，说出一条谁也没听说过的街名。人们不得不又问了他那个街区的一些细节。他费了很大力气才说出来，说得慢吞吞的，而且犹豫不定，说明他的思想还很乱。

医生又说：

"我送您回家吧。"

他已经产生了强烈的好奇心，想知道这奇特的丑角到底是什么人，看看这蹦跳的怪人究竟住在哪儿。

不多时，一辆出租马车就把他们两人一起载到蒙马特尔高地的另一面。

那是一座外表寒酸、楼梯黏糊糊的高楼，那种矗立在两片荒地之间、开着无数窗孔、永远也完不了工的房子，那种住着大群衣衫褴褛、苦难深重的人的肮脏的贫民窟。

医生紧抓着栏杆,粘手的向上盘旋的木头杆子,把老人一直扶上五楼。老人体力恢复了一些,但是神志还不清。

他们敲的那扇门开了,开门的是一个女人,也是老人了,穿得很整洁,戴一顶非常白的便帽,框住她那颧骨突出、轮廓鲜明的脸,那种勤劳忠实的做工妇女的善良、粗糙的大脸。她惊呼:

"天呀,他这是怎么啦?"

医生简单几句话说明了发生的情况,她不但放心了,而且让医生放心,对他说,这样的事经常发生。

"得让他躺下,先生,别的什么也用不着。他睡一觉,明天就什么事也没有了。"

医生接着说:

"可是他还几乎不能说话呢。"

"啊!没事,喝一点水就好了,不用别的。为了身体灵活他没有吃晚饭,而且又喝了两杯绿酒①,好让自己兴奋一

---

① 绿酒:指苦艾酒,一种用苦艾制成的酒,添加淡水饮用,苦涩,性烈,呈绿色,十九世纪末在法国特别盛行。

些。您知道,绿酒能给两条腿增加力气,可是也会让人失去思想和说话的能力。在他这个年纪,已经不适合像他这样跳舞了。可是没办法,真的,我是不指望他能明白这个道理了!"

医生很惊讶,追问:

"为什么年纪这么大了,他还要这样跳舞呢?"

她耸了耸肩膀,心里的怨愤渐渐升高,脸都涨红了。

"噢,是呀,为什么!这倒是可以说道说道,就是为了戴着假面具让人以为他还年轻;就是为了让妇女们还把他当一个向女人献殷勤的小白脸,往他的耳朵里说些淫荡的话;就是为了能蹭蹭她们的皮肤,蹭蹭她

们每个人洒了香水、抹了香脂香粉的肮脏的皮肤……啊！真肮脏！您想想，四十年来一直这样，我呀，先生，我是怎么过的？……不过得先让他躺下，不然他会生病。能麻烦您帮帮我吗？每次他这个样子，我一个人简直对付不了。"

老头儿坐在床边，一脸醉态，长长的白头发垂到脸上。

他的老伴儿用又心疼又怨恨的目光看着他，接着说：

"您看看，就他这把年纪，应该说脸蛋儿还是挺俊的；可他偏要化装成小淘气，让人家以为他年轻。真让人窝心！真的，他模样挺好看，先生！您等等，在他躺下前我让您瞧瞧他的脸。"

她朝一张桌子走去，桌子上放着脸盆、水罐、肥皂、梳子和刷子。她拿起刷子，回到床边，把醉鬼乱糟糟的头发全撩上去，一会儿工夫，就露出一张画家的模特儿般的脸，大卷儿的头发一直垂到脖子上。然后，为了好好地观赏，她便后退几步：

"在他这个年纪，确实挺好看，是吧？"

"是很好看。"医生认同道，他已经开始产生浓厚的兴趣。

她补充说：

"他二十五岁的时候您要是认识他就好了！不过得让他

在床上睡下了；不然，他喝的绿酒会在肚子里折腾得他难受。噢，先生，麻烦您把他的袖子拉下来好吗？……高点儿……像这样……好……现在脱他的裤子……您等等，我先把他的鞋脱掉……行了。——现在，您扶他站着，我铺床……行了……咱们让他睡下……您要是以为待会儿他会自动挪一挪，给我腾出个空儿来，那就错了。我随便给自己找个地儿，我呀，我无所谓，哪儿都成。他才不为这个操心。啊！公子哥儿，行啦！"

刚舒坦地躺到被窝里，老爷子就闭上眼，又睁开，又闭上，心满意足的脸上露出要入睡的坚强决心。

医生一边怀着不断增强的兴趣打量着他，一边问：

"这么说，他去化装舞会装年轻人？"

"所有的舞会他都去，先生。他早上回我这儿来的时候，那状态简直让人没法想象。您知道，是怀旧驱使他去那儿，把一个硬纸板做的脸蒙到自己的脸上。是的，他怀念自己往日的样子，惋惜再也得不到女人们的爱慕！"

他现在睡着了，并且开始打鼾。她用心疼的目光看着他，接着说：

"啊！他这个人，没少得到女人的青睐！多得让人难以相信，先生，比上流社会那些俊俏男子都多，比所有的男高音歌唱家、所有的将军都多。"

"真的？他是干什么的呢？"

"啊！说出来您一定大吃一惊，因为您没有在他最好的时候见过他。我呢，我遇见他也是在一次舞会上，因为他经常去各种舞会。我一看见他就被勾住了，像一条鱼被钓钩牢牢钩住一样。他很可爱，先生，可爱得让人看着流眼泪。他头发黑得像一只乌鸦，还卷卷的，黑色的眼睛大得像两扇窗户。啊！是的，那真是个漂亮小伙子。他当天晚上就把我带走，从那以后我再也没离开过他，一天也没有，不管发生什么事！噢！他让我受过多少折磨！"

医生问：

"你们结婚了吗？"

她率直地回答：

"结婚了，先生，……不然他早把我像甩别的女人那样甩掉了。我做了他的妻子，而且又是用人，什么都是，他要我是什么我就是什么……他让我留了多少泪哟，只是我不让他看见！因为他总向我……向我……先生……向我讲他那些艳遇，也不明白我听到这些多么痛苦……"

"他究竟是从事什么职业的呢?"

"真的,我忘了跟您说,他是马尔泰尔的第一助手,不过像这样的第一助手还从来没有过……一个平均每小时十法郎的艺术家……"

"马尔泰尔? 马尔泰尔是什么人?"

"理发师呀,先生,歌剧院鼎鼎大名的理发大师,他的顾客尽是些女演员。是呀,最显赫的女演员,全找昂布鲁瓦兹①做头发,而且给他额外的奖赏,光这些奖赏加起来就是一笔大财。啊! 先生,所有的女人都一样,是的,所有的女人。喜欢上一个男人,就会委身于他。这种事轻而易举……可是听见这种事可真让人难过。因为他全告诉我……他不能忍住不说……不能,他不能。这些事那么让男人快活! 也许说起来比实际干还快活。

"看见他晚上回来,脸色有点苍白,心满意足,眼睛发亮,我就寻思:'又是一个。我能肯定他又搞上一个。'于是,我一方面想盘问他,心急似火地想盘问他,另一方面又不想知道,如果他开始讲,我就阻止他。我们就这么互相看着。

---

① 昂布鲁瓦兹:小说男主人公的名字。

"我很清楚他心里憋不住,他一定会说起这档子事。从他的神情,他那要让我明白的神情,他笑的神情,我就感觉得出。'我今天搞上一个特好的,玛德莱娜。'我假装不看也不猜;我摆餐具,端上浓汤,然后在他对面坐下。

"可是这些时候,先生,我就感觉好像有人用一块石头把我身体里对他的好感砸个粉碎。这真让人痛苦,真的,太痛苦了。但是他,他还不领会,他不知道领会;他有向某个人讲出来、自我吹嘘、显示自己多么被人爱……的需要,而他只有对我可以说……您明白吗……只有我……所以我只得听他说,只当是咽毒药。

"他开始吃浓汤,然后就说:

"'又是一个,玛德莱娜。'

"而我,就想:'来啦。我的天,什么人呀!我怎么会偏偏遇上他!'

"于是他开讲了:'又是一个,而且还挺漂亮……'不是轻喜剧院的小角色,就是综艺剧院①的小角色;另外,还有

---

① 综艺剧院:巴黎的一家著名的剧院,创立于一七九〇年,位于蒙马特尔林荫大道,上演多种类型的节目。

些大牌的，戏剧界最赫赫有名的女星。他告诉我她们的名字、她们的家具，一切，一切，是的，一切，先生……那些让我心如刀绞的细节。他还不厌其烦，经常把他的故事从头到尾再学舌一遍，说得那么兴高采烈，我只好强装笑脸。免得他跟我发火。

"他说的这一切也可能都不是真的！他那么喜欢自我夸耀，很可能编造出这样的事来！但这也可能是真的！那些晚上，他假装很疲倦，想吃完晚饭就睡。我们十一点吃晚饭，先生，因为晚上有理发的活儿，他从来没有早回来过。

"他每次说完了他的艳遇，就抽着香烟在房间里踱来踱去；他留着一撮小胡子，长着一头鬈发，是个那么漂亮的小伙儿，我就想：'他说的，毕竟也可能是真的呢；既然我发疯般地爱他，别的女人怎么就不会对这个男人着迷呢？'啊！当我收拾桌子，而他仍一个劲地抽烟的时候，我真想哭、想叫喊、想逃跑，想从窗户跳下去。他张着大嘴，打着哈欠，显示他多么疲倦，上床以前他还要说两三遍：'我的天，今天夜里让我好好睡一觉吧！'

"我不怨他，因为他根本不知道他让我多痛苦。是的，他不可能知道！他就像开屏的孔雀，喜欢炫耀自己对女人多么有吸引力，以致真以为所有的女人都在看他，想得到他。

"等他老了，这就困难了。

"啊！先生，我见到他的第一根白头发的时候，我惊讶得几乎喘不过气来；不过随后我就一阵喜悦——那是一种卑劣的喜悦——但它是那么强烈，那么强烈！我对自己说：'终于结束了……终于结束了……'就好像我被救出牢笼了似的。别的女人不再要他，他就是我一个人的了。

"那是一个早上，我们都躺在床上。他还睡得正香，我俯在他身上，正要吻他，把他唤醒，忽然发现在他的鬓角卷曲的头发里有一根像银子一样闪亮的细丝。多么让人惊讶啊！我简直不敢相信会有这样的事！起初我想把它拔掉，不让他看到！可是仔细一看，我在上面又发现了一根。白头发！他有白头发了！我的心怦怦跳，身上冒出汗来；不过，在心底里，我非常高兴！

"这么想很卑劣，不过那天早上我干起家务活来特别高兴，还没有叫醒他；等他自己睁开眼，我对他说：

"'你睡着的时候，你知道我发现什么了吗？'

"'不知道。'

"'我发现你有白头发了。'

"他顿时火冒三丈，猛地坐起来，就好像我胳肢了他似的，气势汹汹地说：

"'你瞎说！'

"'真的，在左鬓角。有四根。'

"他跳下床，向镜子跑过去。

"他没有找到。于是我把第一根，最下面的那一根，那根卷曲的短丝，指给他看，对他说：

"'像你这样生活，这不奇怪。你过不了两年就完了。'

"可不！先生，我说得没错，两年以后，简直就认不出他来了。一个男人变得多么快哟！他虽然还算个美男子，但是已经失去了青春的活力，女人们已经不会再追求他。啊！那段时间，我呀，我的日子真难熬：他让我受了很多苦！怎么样都不能让他满意，无论怎么样。他丢下自己的本行去干制帽业，亏了本；后来他又要当演员，也没成功；然后他就开始常去公共舞会。好在他还算聪明，留下一点钱，我们能活命。钱也够花了，虽然并不多！说起来，他有一阵子还几乎发了财呢！

"现在您也看见他干的事了。他就像发了狂。他需要年轻，需要跟散发着香水香脂味的女人跳舞。可怜的老心肝宝贝，行啦！"

她心情激动地看着打着酣的年老的丈夫，眼泪快流出来了。然后，她轻轻地走到他身边，亲吻了一下他的头发。在这对奇怪的夫妻面前，医生找不出什么要说的，已经站起身，准备走了。

他正往外走，她问：

"您能不能留下您的地址；要是他病得厉害，我好去找您。"

一幅画像*

* 本篇首次发表于一八八八年十月二十九日出版的《高卢人报》；一八九〇年首次收入维克多·阿瓦尔出版社出版的莫泊桑小说集《无用的美貌》。

"瞧，米利阿尔！"身旁有个人对我说：

我向所指的那个人看去，因为很久以来我就想认识这个唐璜①。

他已经不年轻。头发是灰色的，一种灰灰突突的灰色，有点像某些北方民族戴的毛皮软帽；胡子很细，比较长，一直垂到胸前，也像是毛货。他正在跟一位女士交谈，俯身向她，声音低低的，目光温柔、充满敬意和友善地看着她。

① 唐璜：一个虚构的人物，勾引女人的典型，最早出现在十七世纪西班牙戏剧家迪尔索·德·莫利纳的剧本里，一六六五年法国戏剧家莫里哀的剧作《唐璜》让他广为人知。

我了解他的生活，至少是人们都知道的那些情况。曾经有好几个女人疯狂地爱恋他；甚至发生过几次把他的名字也牵扯进去的悲剧。人们谈到他，就好像谈论一个非常有诱惑力的男人，几乎无法抵抗。我问过几个对他称赞备至的女士，想知道他的威力究竟从哪里来，她们寻思了一会，总是回答：

"我不知道……就是有魅力。"

可以肯定地说，他长得并不美。他绝没有我们认为善于俘获女人心的征服者必备的风流倜傥。我兴趣满满地寻思，他的诱惑力究竟隐藏在哪儿。在智力上？……人们从来没有对我引述过他的话，甚至也没有称赞过他的聪明……在眼神里？……也许……或者在声音里？……某些人的声音的确有不可抗拒的性感的优美，有像吃爽口的东西的滋味。人们渴望听他说话，他说话的声音深入我们的心坎，像糖果一样甜蜜。

一个朋友经过，我问他：

"你认识米利阿尔吗？"

"认识呀。"

"你就介绍我们认识一下吧。"

一分钟以后，我们已经握过手，两个人便聊起来。他的言辞在情在理,丝毫不故作高深,让人听了很舒服。声音的确悦耳、柔和、亲切、带有音乐性,不过我听过更动人、更让人心神缭乱的。人们听他说话很愉快,就像看清澈的泉水潺潺流淌。跟随他的谈话完全不需要思想紧张,他不会使用任何暗示来激起你的好奇心,不须让你期待下文来维持你的兴趣。跟他谈话不如说是一种休息,不会燃起我们回答、反驳,或者大表赞同的热望。

另外,回答他的问题和听他说话一样容易。等他说完话,你的回答就自然而然来到嘴边,你回答他的话,就好像是顺着他说过的话脱口而出的。

一个感想很快就令我震惊:我认识他才一刻钟,就

觉得他好像我的老朋友，他的一切：他的面孔、他的动作、他的声音、他的思想，在我看来都好像熟悉已久。

只谈了一会儿，突然，他就仿佛已经是我的知己了。我们之间敞开心扉，无所不谈，如果他问起我的情况，我也许会把平常只对最老的伙伴倾诉的知心话向他和盘托出。

这里面肯定有什么奥妙。所有人之间那些封闭的藩篱，当好感、相投的意趣、同样的知识修养和经常的联系把锁逐渐打开，时间会一个接一个把它们推开，就好像这些藩篱在他和我之间并不存在，也许在他和所有这些、凑巧出现在他人生道路上的男男女女之间都不存在。

半个小时以后，我们分手了，说好以后经常见面；他邀请我大后天吃午饭，然后把他的地址给了我。

我忘了约会的时间，到得太早了；他还没有回来。一个恭敬、沉默寡言的男仆给我打开客厅的门。客厅很漂亮，有点暗，挺私密，便于静心沉思。我觉得很自在，就像在自己家里。住房对人的性格和精神的影响，我已屡见不鲜！有些房子，人在里面总感到自己很木讷；另一些，则相反，人们总觉得精神焕发。有些房子，虽然明亮、雪白、金光闪闪，但令人伤感；另一些，虽然挂着沉静的布幔，却让人快乐。

我们的眼睛就像我们的心,有它的爱和恨,经常,它并不告诉我们,而是悄悄地、不知不觉地影响我们的心情。陈设和墙壁的协调,整体的风格,瞬间就可以作用于我们的智力本能,就像森林、大海、高山的空气可以改变我们的肉体的本性。

我在一张堆满靠垫的长沙发上坐下,顿时感到被这些装满羽毛、蒙着丝面的小口袋托住、撑住、紧紧裹住,就好像我身体的形状和位置事先就在这家具上留下了印记似的。

然后,我就观赏。房间里没有任何富丽堂皇的地方;到处都是不名贵但是挺好看的东西,简单然而稀有的家具;不像是来自卢浮宫,而像是出自某个伊斯兰后宫的东方帷幔;

在我的对面,挂着一幅女人的画像。这是一幅中等大小的画像,画着一个女人的头部和上半身,手里拿着一本书。她还年轻,没有戴帽子,直发从中间分开,平贴在两鬓,略带伤感微笑着。是因为她没戴帽子,还是因为她那自然的风度给人的印象,在我看来,从来没有哪个女人画像,像这一幅在这所住宅里如此适得其所。

我所见过的女人画像,几乎都是在表演。画面中的女士,或者穿着华丽的衣裳,戴着相配的头饰,表情像知道先是为画家摆姿态,后是为所有将来看她的人;要不就是身穿一件刻意挑选的便装,摆出一副随便的姿态。

一些画中的女人站着,神情庄重,仪态万方,那副高傲的神气,恐怕在日常生活中她们也保持不了很久。另一些女人,在静止不动的画布里搔首弄姿;这些女人全都有一件毫无价值的点缀,一朵鲜花或者一件首饰,连衣裙或者嘴唇上的一个褶子,可以感觉是画家为了效果安在上面的。不管她们的头上是戴着一顶帽子,还是束着一条编织的花边,或者头发上什么也没有,人们在她们身上都猜得出某种很不自然的东西。什么东西? 不知道,因为人们根本不认识她们,但是感觉得出来。她们就好像在什么地方做客,在她们希望讨好的人、希望向其显示自己所有优点的人家里做客；她们研究过自己的态度，不管是谦逊还是高傲。

关于眼前的这个女人，能说些什么呢？她在自己家，而且是独自一人。是的，她独自一人，因为她那微笑，就像人们独自想着什么悲伤或者甜美的事，而不是那种被人观看时的微笑。她是那么孤独，而且是在自己家，她让这整个一大套房子都显得空荡，绝对地空荡。她独自一人住在这里，充满它，给它以生气；可以有很多人进到这里，这些人可以有说、有笑，甚至唱歌；她在里面永远是孤独的，带着她的孤独的笑容，独自一人；她的画像的目光，让这房子充满活力。

这目光也绝无仅有，它直落在我身上，温存而又执着，

虽然并不是在看我。所有的画像都知道它们是让人注视的，它们用眼睛来回答，那眼睛会看人、有思想，从我们一进来就须臾不离地跟随着我们，直到我们离开它们住的套房。

这幅画像的目光不看我，什么也不看，虽然它的目光笔直地固定在我身上。我记起波德莱尔①那令人称奇的诗句：

你的眼睛诱人，就像一幅画像的眼睛

的确，这双眼睛，它们吸引着我，不可抗拒地吸引着我，向我投来奇特的、强大的、新的力量，令我激动不已。这双画出的眼睛，曾经富有生命力，也许仍然富有生命力。啊！这深色画框和神秘莫测的眼睛流露出来的是怎样无限的魅力啊！它像掠过的微风那样让人轻松；它像淡紫色、粉红色和蓝色的黄昏将尽的天空那样令人神往；它像随后而至的黑夜那样还有点使人伤感。这双眼睛，这双用画笔

---

① 波德莱尔：全名夏尔·波德莱尔（1821—1867），法国诗人，著名诗集《恶之花》的作者，有"一个堕落时代的但丁"之称。他生活在唯美主义的帕尔纳斯派和象征主义交汇的时期，而他的诗歌创作饱蘸浪漫激情，倾向古典诗艺。这句诗出自该诗集中的《对虚幻的爱》一诗。

寥寥几笔就创造出的眼睛，隐藏着那似有似无的秘密，那闪现在女人的一瞥中的秘密，那让我们心中萌生出爱的秘密。

门开了，米利阿尔先生走进来。他为迟到表示歉意。我为早到表示歉意。然后我对他说：

"恕我冒昧，请问这位妇女是什么人？"

他回答：

"是我的母亲，她很年轻就去世了。"

我终于明白了，这个男人的无法解释的诱惑力从何而来。

残疾人 *

＊ 本篇首次发表于一八八八年十月二十一日的《高卢人报》；一八九〇年首次收入维克多·阿瓦尔出版社出版的莫泊桑小说集《无用的美貌》。

我遇到这桩奇事大约是在一八八二年。

我刚在空无一人的车厢的一个角落里安置下来，把车门关上，希望只有我一个人待在这儿，这时车门突然又开了，听到一个声音说：

"请当心，先生，这儿正在铁轨交叉的地方，上车的踏板太高。"

另一个声音回答：

"别担心，洛朗，我这就抓住拉手。"

接着，一个戴圆礼帽的脑袋出现了，这个人两只手紧紧抓住门两边悬着的皮带和绒带，慢慢把肥胖的身体升上来，脚踩在踏板上发出手杖敲打地面的响声。

这个人的上半身进了隔间，我看见在他宽松的布料裤腿里露出一条木腿涂了黑漆的末端，另一条同样的假腿也紧接着上来。

这位旅客身后露出一个脑袋，问他：

"您好了吗，先生？"

"好了，我的孩子。"

"喏，这是您的包裹和拐杖。"

一个看样子像退伍军人的仆人，也上了车，两手拎着一堆用黑纸和黄纸包着、用细绳仔细捆着的包裹，把它们放在主人头顶上的网架里，然后说：

"好啦，先生，全放在这儿啦。一共五包：糖果，玩具娃娃，鼓，玩具枪，鹅肝酱。"

"很好，我的孩子。"

"一路平安，先生。"

"谢谢，洛朗。保重身体！"

那个人下去后把车门关上，走了。我打量了一下我的邻座。

他大概有三十五岁的样子，但是头发几乎都白了；他佩戴着勋章，蓄着小胡子，身体肥胖，患上了原本活跃而强壮、一旦残疾不能活动的人常有的伴着气喘的肥胖症。

他擦了擦额头，喘息了一会儿，正面看着我，问：

"抽烟妨碍您吗,先生?"

"不,先生。"

他那目光,他那声音,他那张脸,我都似曾相识。在哪儿呢?什么时候呢?可以肯定,我遇见过这个青年人,跟他说过话,跟他握过手。那已经是很久以前的事,很久很久以前的事,已经消失在迷雾中了,我的头脑只能尽量在记忆中摸索着探寻,就像追赶逃遁的幽灵,却又难以把它们抓住。

他也一样,此刻正在一个劲地端详我,像回忆起一点什么,却又不完全肯定似的,凝视着我。

彼此的目光如此执拗地接触,我们都被弄得有些不好意思了,把眼睛转了过去;但是,几秒钟以后,紧张工作的记忆力的隐晦而又执着的意愿,

又把我们的目光吸引在一起。我说：

"天啊！先生，与其偷偷地互相观察上一个小时，让我们一起回忆一下在哪儿见过面，岂不更好？"

邻座满心情愿地回答：

"您说得好极了，先生。"

我自我介绍：

"我叫昂利·邦克莱尔，法官。"

他迟疑了片刻，然后，目光里显得没有把握，声音里带着思维的高度紧张，惊喜地嚷道：

"啊！对了，我是以前，战争①以前，在普安赛尔家遇见您的，那已经是十二年前的事了！"

"是的，先生……啊！……啊！……您是勒瓦利埃尔中尉？"

"是呀……我后来还成为勒瓦利埃尔上尉，直到我失去双脚……一颗炮弹飞来，两只脚一块儿报销。"

我们又互相打量，不过现在我们已经是相识了。

我清楚地回忆起这个身材修长、风度翩翩的小伙子，领

---

① 战争：指一八七〇年到一八七一年的普法战争。

着跳沙龙舞①,那股优雅而又灵活的疯狂劲儿,对啦,人们都叫他"龙卷风"。不过在这清楚地记起的形象后面,还浮动着什么不可捉摸的东西,一个我听说过但已经淡忘了的故事,这种故事会引起一时的关注,但很快就被人忘记,在头脑里只留下一丝几乎觉察不到的痕迹。

那个故事里有爱情,我在记忆深处又找到了那种特殊的感觉,不过仅此而已,就像一只猎物的爪子在地上给狗鼻子留下的气味。

然而,阴影逐渐明朗了,一个妙龄女郎的形象突然浮现在我的眼前。接着她的名字也像点燃的爆竹一样在我脑海里响起:德·芒达尔小姐。这时,我把当年的一切都想起来了。那果然是一个爱情故事,不过很普通。我遇见他的时候,那个年轻姑娘正爱恋着这个年轻人,他们已经在谈就要举办的婚礼。他那时好像很钟情,很幸福。

我抬起头,看着网架上放着的大大小小的包裹。我邻座的仆人送来的这些包裹,在列车的颠簸中颤抖着,那仆人的声音,就像刚说完似的,又回到我耳边。

---

① 沙龙舞:十九世纪流行的四人或八人一组,穿插各种各样变化的舞蹈。

他是这么说的：

"好啦，先生，全放在这儿啦。一共五包：糖果，玩具娃娃，鼓，玩具枪，鹅肝酱。"

于是，一部长篇小说在一秒钟里就完成，并且开始在我的头脑里展现。再说，这篇小说就像我读过的所有小说一样，或者是一个年轻男子，或者是一个年轻姑娘，在一场肉体或者经济上遭受飞来横祸之后，和未婚妻或者未婚夫终成眷属。这么说，这个在战争中致残的军官，在战后又找到了对他许下终身的那个年轻姑娘，而后者信守了她的诺言，嫁给了他。

我觉得这很美好，不过这又太简单了一点，就像人们认为书和戏剧中的献身精神和美满结局全都过于俗套。人们读书或者听讲，就像是在学堂里受高尚情操的教育，总会热情愉快，大义凛然，做出自我牺牲。但是第二天，当一个穷苦朋友来向您借钱，人们的情绪却恶劣透顶。

接着，突然，另一种设想，一种不那么富有诗意也不那么现实的设想，代替了前一种。也许他们在战前，在那可怕的炮弹截去他双腿的意外发生以前已经结了婚，她很悲伤，但逆来顺受，接受、照料、安慰、支持这个丈夫；而这个丈夫，出征时体格强壮、仪表堂堂，归来时却失去了双腿，这可怕的残疾人注定了不能活动，注定了只能无可奈何地发火，注定了会肥胖得要命。

他是幸福呢，还是备受煎熬？一个起初轻微、越来越强烈的欲望，让我再也按捺不住：了解他的故事，至少也要知道其梗概，能让我猜出他不能或者不愿对我说的内情。

我一边思索，一边跟他聊着。我们先寒暄了几句；我说着，把眼睛抬向网架，想着："这么说，他有三个孩子：糖果是给他妻子的，玩具娃娃是给他小女儿的，鼓和玩具枪是给他的两个儿子的，而那鹅肝酱是给他自己的。"

我忽然问他：

"您有孩子了吧，先生？"

他回答：

"没有，先生。"

我突然感到很尴尬，就好像我做了一件很不恰当的事。我便说：

"我请您原谅。我这么想，是因为我听您的仆人说到玩具。无意间听到一句话，就不由自主地下了结论。"

他微笑了一下，低声说：

"不，我甚至没有结婚。我那时只是停留在准备结婚的阶段。"

我装出突然想起的样子，接着说：

"啊！……确实，我认识您的时候，您已经订了婚，我想是跟德·芒达尔小姐订了婚。"

"是的，先生，您的记忆力真是好极了。"

我壮起胆来，继续说：

"是的，我想起来也听人说德·芒达尔小姐嫁给了……先生……先生。"

他平心静气地说出这个名字：

"德·弗勒莱尔先生。"

"是的，是这样！是的……对了，我甚至想起听人谈到过您受伤的事。"

我正面看着他；他的脸红了。

他的脸饱满，肿胀，由于血不停地往上冲而已经发紫，此刻的颜色更深了。

他情绪激动起来，以突然高涨的热情回答，就像为一桩已经预先败诉的案件辩护，精神上和心理上虽已失败，但仍希望赢得舆论：

"先生，谁要是把德·弗勒莱尔夫人的名字和我的名字连在一起，那就错了。我战后回来的时候，唉，已经失去了双脚，我是不会答应她做我的妻子的，绝对不会！这怎么可能呢？先生，人们结婚，不是为了炫耀宽宏大量，而是为了生活，每一天，每一小时，每一分钟，每一秒钟和另一个人相依为命；但是如果这个人身体残疾，像我这样，她嫁给我，那就注定要痛苦，终身痛苦！噢！我理解，我欣赏一切自我牺牲，一切忠贞不渝，如果它们有一个限度；但我不同意一个女人，为了满足公众的喜好，放弃她希望是幸福的整个一生，放弃一切欢乐，放弃一切梦想。当我听到我的假腿和拐杖敲打我房间地板的响声，我每走一步都会发出的磨子般的响声，我就恼怒得想掐死我的仆人。让一个女人承受您自己都忍受不了的事，您认为这可以吗？再说，您能够想象我的木腿的末端，这好看吗？……"

他沉默了。我能对他说什么呢？我觉得他的话有道理。难道可以谴责她，蔑视她，归罪于她吗？不能。那么怎么办呢？这结局符合惯例，符合常理，符合实际，符合情理，却难以满足我赋予诗意的渴求。这些英雄的残肢，需要的是壮丽的牺牲，而我却没有听到。我为此感到失望。

我突然问他:

"德·弗勒莱尔夫人有孩子吗?"

"有,一个女孩,两个男孩。我带的这些玩具就是给他们的。她的丈夫和她都对我很好。"

列车沿着圣日耳曼的坡路往上爬,穿过隧道,驶进车站,停下。

我正要伸出手扶这位伤残军官下车,两只手从打开的车门向他伸过来。

"您好,亲爱的勒瓦利埃尔。"

"啊!您好,弗勒莱尔。"

在男人身后,一个犹有姿色的女人微笑着,喜气洋洋,用戴着手套的手指频频送来"您好!"的表示。她身边的一个小女孩快活地跳着,两个小男孩用贪婪的目光看着从车厢的网架传给他们父亲的鼓和玩具枪。

残疾人下到站台上,孩子们都上前和他亲吻。接着,大家便上路。小女孩友好地扶着一根拐杖的涂了清漆的横档,就像牵着她的大朋友的手指,并排而行。

院长嬷嬷的二十五法郎*

* 本篇首次发表于一八八八年三月二十八日的《吉尔·布拉斯报》；一八九〇年首次收入维克多·阿瓦尔出版社出版的莫泊桑小说集《无用的美貌》。

啊！的确，帕维利大叔，他真逗乐，生着一双蜘蛛般的长腿，一个小小的身子，两条长长的胳膊，还有一个尖尖的脑袋，脑袋顶上长着一簇火红的头发。

他是个小丑，一个天生的农民小丑，生下来就是为了搞笑，为了逗人乐，为了演一些角色，一些普通的角色，因为他是农民的儿子，本人也是农民，几乎不识字。啊！对了，仁慈的天主创造出他来，就是为了让别人，让既没有剧场，也没有节日的乡下的穷鬼们开心，而且他也心甘情愿让他们开开心。在咖啡馆里，人们经常请他喝点酒，好留下他表演。他便泰然自若地喝，一边喝一边嬉笑、打趣，拿所有的人开涮，而又不得罪任何一个人，逗得人们围着他捧腹大笑。

他是那么滑稽，连姑娘们也抗拒不了他，她们经常笑得前仰后合，尽管他长得很丑。他一边开玩笑，一边把她们拖到墙后面，沟坎里，牲口棚里，然后胳肢她们，紧紧地搂她们，说的话那么有趣，逗得她们一边推搡他，一边笑个不停。这时他便欢蹦乱跳，做出要上吊的鬼脸；而她们则笑弯了腰，眼泪都笑出来。他善于挑选时机，总在最恰当的时候把她们推倒。她们全都有过这样的经历，连那些为了开心而嘲弄他的女孩也不例外。

话说有一年，将近六月底的时候，他被卢维尔附近的勒阿利沃老板雇去收庄稼。在整整三个星期的时间里，他没日没夜地搞笑逗乐，哄得收割庄稼的男男女女乐乐陶陶。白天，人们见他在田里，在割下来的麦穗中间，头上戴一顶旧草帽遮住他那簇红棕色的头发，用他那双精瘦的长胳膊把金黄的麦穗聚拢来，扎成

一束束；然后停下来，做一个搞笑的动作，把那些眼睛就没离开过他的田间干活的人逗得哈哈大笑。夜里，他就像一个爬行动物，溜进妇女们睡觉的仓房的麦秸堆里，两只手到处摸索，惊起一片叫声，掀起一阵混乱。妇女们挥动着木鞋驱赶他；在全仓房的人迸发出的欢呼声中，他就像一个神奇的猴子，四肢并用地逃窜。

最后一天，送收获者的马车，飘着饰带，响着风笛，满载着呐喊、歌声、欢乐和陶醉，由一个穿工作服、戴饰有帽徽的鸭舌帽的小伙子驾着，六匹迈着慢步的灰斑的马拉着，行驶在白色的大路上。帕维利，在悠闲地躺着的妇女们中间跳起醉酒的林神①之舞，引得站在农庄斜坡上的流鼻涕的男孩们和对他的怪相感到惊讶的农夫们目瞪口呆。

马车到了勒阿利沃老板的农庄的栅栏门前，帕维利举起双臂猛地往下跳，不幸，落下来的时候撞在长长的马车的车帮上，栽了个跟头，落在一个车轮上，又反弹到地面上。

伙伴们连忙冲过来，他已经一动不动，一只眼闭着，一

---

① 林神：希腊神话中的森林之神，半人半兽，沉湎于淫欲且好酒；俗指色情狂。

只眼睁着，吓得脸色惨白，长长的四肢伸展在尘土里。

有人碰了一下他的右腿，他立刻哇哇大叫；有人想扶他站起来，他马上又跌倒。

一个人说："我怕是他的一个爪子断了。"

果然，他的一条腿断了。

勒阿利沃老板让他躺在桌子上，有人骑马赶往卢维尔找医生，一小时以后医生到了。

庄园主很慷慨，他宣布承担医院的治疗费。

医生用自己的马车把帕维利带走了，把他安排在一间石灰粉刷的病房里，把他折断的骨头接上了。

帕维利一明白自己死不了，而且还能得到治疗，能治好，能受到悉心照料，有吃有喝，什么也不用干，只需仰面躺在被窝里，真是欣喜若狂；他悄不出声地笑呀，笑个不停，露出一口蛀牙。

每当一个嬷嬷向他的床走过来，他就做出种种高兴的怪相，眨眨眼睛，歪歪嘴，动动他那能随意活动的长鼻子。邻床的病友，不管病得多么厉害，都忍不住大笑。院长嬷嬷也经常来他的床边待上一刻钟，开开心。他总能为她找到一些更滑稽的笑料和没开过的玩笑。由于他生来就带着各种各样哗众取宠的本能，为了博取院长嬷嬷的喜欢，他假装虔诚，像深知什么时候开不得玩笑的男人一样，一本正经地谈论善良的天主。

有一天，他灵机一动，给院长嬷嬷唱了几首歌。她非常高兴，来得更勤了；后来，为了利用他的好嗓子，她给他带来一本圣歌集。这时候他已经开始能动换了，只见他坐在床上，用假声唱起永恒的天主、马利亚和圣灵的赞歌来，而肥胖的好嬷嬷就站在他的脚边，一面用手指打着拍子，一面给他起音。看他能下床走路了，院长提议他多留一段时间，为医院里的小礼拜堂唱经，同时辅理弥撒，也干些管理圣器的事。他接受了。在整整一个月的时间里，只见他穿着白色宽袖法衣，一拐一瘸，摇头晃脑地唱着颂歌和《诗篇》，那么有趣，以至信徒的人数越来越多，人们都不去教区礼拜堂，而是来医院祈祷了。

可是这世上万事都有结束的时候，他痊愈了，不得不放他走了。为了对他表示感谢，院长嬷嬷送给他二十五法郎。

帕维利口袋里揣着这笔钱，一走上大街，就寻思自己要去做什么。回村里？肯定先得喝一杯，他很久没有沾酒了，于是他走进一家咖啡馆。他一年也不过进一两次城。他尤其对其中一次在城里狂饮留下模糊然而令人陶醉的记忆。

他要了一杯优质烧酒,一咕嘟喝下去,润一润嗓子;他接着又要了第二杯,品一品滋味。

他已经很长时间滴酒未进,辛辣的烈性烧酒一碰到上颚和舌头,他对酒精的喜爱和渴求的感觉顿时被唤醒,而且更加强烈。酒精撩拨、刺激、滋润、灼烧着他的嘴,他明白自己非得把这一瓶都喝光不可,于是问店家这瓶酒卖多少钱。整瓶比零喝便宜点。整瓶要三法郎,他当即付了;然后他就消消停停地喝起来。

不过他还是有所节制;他要保留一点清醒的意识,去找其他的乐子。等他感觉到壁炉就要向他鞠躬敬礼的时候,他就站起来,胳膊下面夹着那个酒瓶,步履蹒跚地走出去,想找一家妓院消遣。

他终于找到了,不过费了不少周折。他先向一个赶马车的人打听,那人不知道;他问一个邮差,那人也说得稀里糊涂;他问一个面包铺老板,那人破口大骂,把他当作老色鬼;他最后问一个军人,这军人非常助人为乐,不但把他领了去,还叮嘱他选一个叫"王后"的姑娘。

Maurice de Lambert

尽管刚到中午,帕维利还是走进了这个逍遥窟。接待他的女仆本来想把他赶出门。但他做出一个怪相逗得她转嗔为笑;他又掏出三法郎,这是这地方特别消费的正常价格。然后,他就跟在这个女仆后面,沿着一个通往二楼的黑灯瞎火的楼梯吃力地往上爬。

他走进一个房间,指名要"王后",接着就一面对着带来的酒瓶的瓶嘴又嘬了一口,一面等待。

门开了,一个妓女走进来。她身材高大,满身肥肉,一头红发,可谓魁梧。她用敏锐的目光,行家里手的目光,扫了一眼瘫倒在座椅上的酒鬼,就对他说:

"你这时候来不害臊吗?"

他结结巴巴地说:

"害什么臊,公主?"

"打扰一位贵妇呀,她连浓汤还没来得及喝呢。"

他几乎要笑出声来。

"好汉是不分什么钟点的。"

"把自己灌醉也不分个钟点,老罐子。"

帕维利生气了:

"首先,我不是罐子;再说,我也没有喝醉。"

"没喝醉?"

"没喝醉,我没喝醉。"

"没喝醉,你怎么不能至少站着呀?"

她怒气冲冲地看着他。一个女人看着同伴们都在吃饭,而自己却不能吃,就是这么恼火。

他站起来。

"我,我,我还能跳个波尔卡①。"

为了证明自己能站得稳当,他登上椅子,做了一个单足原地旋转,然后跳到床上,沾满淤泥的大皮鞋在床上留下两个可怕的鞋印。

"啊!下流坯!"那姑娘嚷道。

她冲上去,往他肚子上捅了一拳,用力那么大,帕维利的身体失去平衡,在床上摇晃了一下,一个跟头栽倒在五斗橱上,带翻了一个脸盆和一个水罐,然后吱哇喊叫地瘫倒在地上。

他弄出的响声惊天动地,他号叫得又是那么刺耳,整个妓院的人,老板,老板娘,女仆和雇员,都跑了过来。

① 波尔卡:波兰和捷克流行的一种轻快的民间舞蹈。

老板先把这农夫拉起来。可是他一站起来马上又失去平衡，接着大叫大嚷起来，说他跌断了一条腿，另一条，那条好的，那条好的！

这是真的。马上有人跑去找医生。恰巧又是在勒阿利沃老板那儿给帕维利治伤的那个医生。

"怎么，又是您？"医生说。

"是呀，先生。"

"您怎么啦？"

"另一条腿又让人弄断了，医生先生。"

"谁把你的腿弄断的，我的老伙计？"

"一个小娘们儿。"

大家都在听他说。姑娘们穿着罩衫，嘴上都还带着被打断的饭的油渍。老板娘非常气恼。老板惴惴不安。

"这会闹出大麻烦的,"医生说,"你们知道,市政当局对你们的看法本来就很不好。一定尽量不要让人们议论这件事。"

"那怎么办?"老板问。

"把这个人送到医院去,最好是他刚出来的那个医院;并且替他付医疗费。"

先生回答:

"我宁可这么做,而不要生出麻烦来。"

就这样,半小时以后,醉醺醺的帕维利呻吟着回到他一小时以前出来的那个病房。

院长嬷嬷心疼地张开双臂,因为她喜欢他;而且面带笑容,因为又见到他也没有什么让她不高兴的。

"哦! 我的朋友,您怎么啦?"

"另一条腿也断了,仁慈的嬷嬷。"

"啊! 您难道又爬到一辆装麦秸的大车上了,老滑稽?"

帕维利有些惭愧,也有些忧伤,结结巴巴地说:

"不……不……这一次不是……这一次不是……

不……不……这一次不是我的错，不是我的错……这一次是一张草垫子①引起的。"

她得不到另外的解释；她绝不会知道，这一次跌倒的祸根是她那二十五法郎。

---

① 草垫子（la paillasse）：也有"妓女"之意。这里用作双关语。

一个离婚案件 *

* 本篇首次发表于一八八六年八月三十一日的《吉尔·布拉斯报》;一八九〇年首次收入维克多·阿瓦尔出版社出版的莫泊桑小说集《无用的美貌》。

沙塞尔太太的律师发言：

庭长先生，

各位法官先生，

我受委托在各位面前为之辩护的这个案子，与其说是属于司法的范畴，不如说更多的是属于医学的范畴，它构成的实际上是一个病理学的案例，而不是一个普通的法律案例。乍一看来，事实似乎很简单。

一个年轻人，很有钱，心灵高尚，热血心肠，为人宽厚，爱上了一个非常美丽，不仅是美丽，而且非常可爱的姑娘，这姑娘既漂亮，又优雅，又迷人，又善良，又温柔，于是他娶了她。

在最初的一段时间里,他对她还挺像个体贴备至、温柔多情的丈夫;可是后来他就不把她放在心上了,对她变得粗暴了,仿佛对她有一种无法克服的反感,难以抑制的厌恶。甚至有一天,他动手打了她,不但没有任何理由,而且没有任何借口。

先生们,我就不向各位描述他那些荒唐举动的场面了,那在你们所有人看来都是不可理解的。我也不去对各位描述这两个人在一起的恐怖的生活和这个年轻女人经受的可怕的痛苦。

我只需读几段这个可怜的男人、可怜的疯子每天写的日记,各位就能明了事情的真相。我们面对的是一个疯子，先生们，而这个案例特别奇怪，特别有趣，就是因为它在很多方面令人想起不久前去世的那个不幸的君主，柏拉图式地统治过巴伐利亚①的那个奇怪的国王②的荒唐，所以我把这个案件称作：诗意的疯狂。

各位一定都还记得人们关于这位古怪的君主所讲的一切。他让人在他的王国那些最优美的景点建起一座座仙境般的真实城堡。物和景的真实美对他来说还不够，他还异想天开，用戏剧舞台的人工手法，在这些令人难以置信的小城堡里创造出种种仿制的境界、变幻的景观、绘制的森林、童话的帝国，其中的树叶都是宝石做成的。他还再造出阿尔卑斯山和冰川、大草原、太阳灼烧的沙漠；夜间，在真实的月光下，湖泊被下面射出的神奇电光照亮，在这些湖上，天鹅在戏水，小船在滑行，

---

① 巴伐利亚：原为德意志地区的一个王国，一八七一年战败于普鲁士，成为德意志帝国的一部分。
② 指巴伐利亚国王路易二世（1845—1886），绰号"天鹅王""童话王"。他耽于幻想，对理政缺乏兴趣。他大力支持瓦格纳等的艺术活动，巨资兴建了新天鹅堡、林德霍夫宫、海德基姆湖宫等建筑。他被宣布疯狂，遭到废黜，一八八六年六月的一天离奇地溺死于施塔恩贝格湖。

由世界顶尖乐手组成的乐队用诗意的乐音让这疯子国王陶醉。

这个人圣洁，这个人纯真。他从来都只爱一个梦，他自己的梦，他自己的神圣的梦。

一天晚上，他在他的船上载着一个年轻美丽的女人，一个大艺术家，他请她唱歌。她也被令人赞美的景色、温和的空气、花的香味、年轻漂亮的君王的狂喜所陶醉，便一展歌喉。

她歌唱，像所有被爱情打动的女人那样歌唱，接着，她忘乎所以了，浑身战栗，倒在国王的怀里，寻找着他的嘴唇。

但是他把她抛进湖里，自己拿起双桨，划到岸边，丝毫不关心是否有人救她。

法官先生们，我们面对的是一个颇为相似的案例。我别的不说了，现在只把我们在一张书桌的抽屉里意外发现的日记读上几段。

  一切都是那么可悲和丑陋，总是如出一辙，总是丑恶！我多么梦想有一片美好些、高尚些、丰富多彩些的土地！如果它们的天主存在，或者如果他没有在别处创造出另外的东西，它们的天主的想象力是多么贫乏啊！

总是一些树林，一些小小的树林，总是一些彼此类似的河流，彼此相像的平原，一切都雷同、单调。还有人！……人怎么啦？……多么可怕的动物啊，凶恶，傲慢，令人厌恶。

……………………………………………

应该爱，忘乎所以地爱，只是爱而不看其所爱。因为看到就是理解，而理解就是轻蔑。应该爱，为她而陶醉，就像喝了葡萄酒会沉醉一样，以致不再知道自己喝的是什么。喝，喝，喝，没日没夜，不喘气地喝。

我想，我已经找到了。她整个人都有一种理想的东西，它丝毫不像是这个世界的，它给我的梦插上翅膀。啊！我的梦，它让我看到的人是多么不同于现实中的人！她的头发是金色的，一种淡淡的金色，那色泽简直无法形容。她的眼睛是蓝色的。只有蓝色的眼睛能带走我的灵魂。这个女人，这个存在于我心底的女人，整个儿呈现在我的眼睛里，仅仅呈现在我的眼睛里。

　　噢！神秘！多么神秘啊！眼睛！……整个宇宙都在它的身上，既然是它看到宇宙，反映宇宙。它包含了宇宙，无生物和有生物，森林和海洋，人和兽，日落，星辰，艺术，一切，一切，它看到、吸收和带走一切；它身上的东西不止于此，还有灵魂，还有思想的人、恋爱的人、欢笑的人、受苦的人！噢！请看女人们的蓝色的眼睛，它们像海洋一样深邃，像天空一样变幻，那么温柔，那么温柔，像微风一样温柔，像音乐一样温柔，像吻一样温柔；而且透明，清澈得可以看到后面，看到灵魂，那为它们染色、赋予它们生气、让它们变得神圣的蓝色的灵魂。

是的，灵魂具有目光的颜色。只有蓝色的灵魂带有梦想，它的蔚蓝色就是从浪涛和太空获得的。

眼睛！请想一想它们吧！眼睛！它们汲取可见的生活来滋养思想。它们吸收世界、颜色、运动、书籍、绘画，一切美的和一切丑的东西，用它们形成思想。当它们看我们的时候，它们让我们感到一种这世界上没有的幸福。它们让我们预感到我们永远也不会知道的东西；它们让我们明白梦想的真实是可鄙的垃圾。

……………………………………………

我爱她，也因为她的步态。

诗人说过：

即使鸟在走，人们也感觉到它的翅膀。[①]

当她走过，人们就能感到她与普通的女人们属于不同的种族，她属于一个更轻盈、更神圣的种族。

[①] 引自法国诗人安托万－马兰·拉米埃尔（1723—1793）的诗集《大事记，或一年的用途》（1779），该诗集共收十六首诗歌。

我明天就娶她……我害怕……我怕的东西太多了。

……………………………………………………

两个畜生，两条狗，两只狼，两个狐狸，在树林里游荡并且相遇。一只公的，一只母的。它们交配。它们出于动物的本能交配，这本能强迫它们延续种族，延续它们的种族，它们具有这个种族的外貌、皮毛、体形、运动和习惯。

所有的畜生都是在不知不觉中这么做的。

我们也一样。

这正是我在娶她的时候所做的事，我服从了那把我们推向雌性的愚蠢的冲动。

她是我的妻子。只要我怀抱着理想渴望她，对我来说她就是那个接近实现的不可实现的梦。

从我把她抱在怀里的那一秒钟起，她就只不过是大自然用来让我的所有希望落空的一个生物了。

她让我的希望都落空了吗？——没有。不过，我是那么厌倦了她，厌倦到只要碰到她，只要我的手和嘴唇轻轻碰到她，我的心里就掀起一种无法表达的反感，也许不是反感她，而是一种更高、更广、更轻蔑的反感，对性爱的搂抱的反感,这性爱的搂抱是那么卑劣,在所有高雅的人看来,成了必须掩掩藏藏、只能羞红了脸小声说的可耻行为。

....

我再也不能看到我的妻子用微笑、目光和臂膀召唤着我向我走来。我再也不能。从前,我曾经认为她的吻能把我带向天空。有一天,她有些不适,短暂地有点发烧,我在她的呼吸中闻到一种轻轻的、微妙、几乎捉摸不到的人的腐败气味。我大惊失色!

噢!肉体,诱惑人的活的粪便,会行走、会思想、会说话、会看和微笑的腐败物,食品在里面发酵,它是粉红色的,好看,诱人,像灵魂一样具有欺骗性。

....

为什么花朵,只有花朵,是那么芳香?艳丽或者淡雅的大花朵啊,它们的色调、色泽让我的心战栗,让我的眼睛迷离。它们那么美,结构那么精巧、那么富于变化而又那么富于性感,像那些器官一样似闭还开,比嘴还馋人,而且中间凹陷,嘴唇外翻,成锯齿状,肉乎乎的,撒满生命的种子,每朵花里产生出不同的香味。

它们，只有它们，在世界上繁殖而又不玷污它们不容侵犯的种族，在它们周围散放出它们爱的圣洁芳香，它们爱抚的馨香汗液，它们美妙绝伦的身体精华。它们的身体婀娜多姿，千娇百媚，仪态万方，有着一切色彩的魅力和一切香味的醉人的诱惑力。

....

以下是六个月以后的日记选段：

……我爱花，并不是作为花，而是作为物质的和美妙的有生物；我在花房里度过我的日日夜夜，我把它们藏在那里，就像穆斯林君主把美女们藏在后宫里一样。

除了我，谁能理解这些温情柔意的甜蜜，疯狂，令人战栗的肉感，理想和超人的狂喜？谁能理解在这些可爱的花朵的粉红色肉体上、红色肉体上、白色肉体上，在奇迹般的不同、精致、罕见、细腻、滋润的肉体上的吻？

我有几个花房，除了我和打理花房的人，谁也不能进去。

我走进去，就像一些人溜进一个隐秘的寻欢作乐的场所一样。在高高的玻璃长廊里,我先从两边密密麻麻的花冠之间走过,这些花冠有的闭合,有的半开,有的怒放,像斜坡一样从地面伸展向房顶。这是它们给我的第一个吻。

这些花朵,这些装饰着我的神秘激情的前厅的花朵,是我的奴仆,而不是我的宠妃。

它们在我经过时,用它们变化多端的光彩和清新的芳香向我致敬。它们娇美,艳丽,右边叠成八层,左边叠成八层,那么密集,仿佛两个花园来到了我的脚下。

我的心怦怦跳,看着它们,我的眼睛闪闪发亮,我的血液在血管里沸腾,我的灵魂兴奋不已,我的两只手那么想摸摸它们,

已经战累个不停。我走过去。在这高高的长廊的尽头，有三扇关着的门。我可以选择。我有三个后宫。

但是我最经常走进的是那个兰花房。兰花，我最喜爱的催眠女郎，它们的房间低矮闷人。又湿又热的空气让人的皮肤变得潮湿，喉咙喘息，手指颤抖。这些古怪的女孩，她们来自炎热和不利健康的沼泽地带。她们像美人鱼一样吸引人，像毒药一样可以置人于死地，古怪得出奇，令人酥软，又令人恐惧。瞧，这一些像蝴蝶，长着大大的翅膀、细细的爪子，还有眼睛！因为它们确实有眼睛。它们在看我，它们看得见我，这些非凡的、令人难以置信的存在，这些仙女，这些神圣大地、缥缈空气和称之为世界母亲的温暖阳光的女儿。是的，它们有翅膀，有眼睛，有任何画家都模仿不了的色泽，有人类能想象的一切美感、一切魅力、一切形态。它们的胁部凹陷，芬芳而且透明，为了爱而张开，比任何女人的肉体都迷人。它们娇小肉体的不可想象的线条，能把沉醉的灵魂投进理想的形象和感官快乐的天堂。它们在茎头颤抖，就像要腾飞。它们就要腾飞，向我飞来吗？不，这是我的心在它们上空盘旋，就像一个被爱折磨着的神秘的雄性。

没有任何飞虫的翅膀能触及它们,在我给它们建造的透明的监狱里,它们和我,只有我们在一起。我在看它们,凝视它们,欣赏它们,一朵接一朵地膜拜它们。

它们是多么丰腴!深深的,呈粉红色,那种用欲望湿润它们嘴唇的粉红色!我多么爱它们!它们的花萼的边儿是翻卷的,比它们的脖子还要白皙,花冠就藏在里面,这神秘、诱人、舌头舔起来甜甜的嘴,它能露出也能隐藏这些喷香但不会言语的神圣小造物的微妙、可爱而又圣洁的器官。

我有时特别喜爱它们中的一朵,这种感情持续得和它的存在一样长,几个白天,几个夜晚。于是我叫人把它从公共的长廊里取走,关在一个小巧的玻璃房里,里面有一缕潺潺的细流,紧挨着一片来自大洋洲岛屿的热带草坪。我久久地待在它身边,又激动,又心痛,回肠九转,知道它临近死亡,眼看着它凋萎,与此同时,我拥有着它,呼吸着它,痛饮着它的芳泽,用难以言表的抚爱采摘着它短暂的生命。

律师读完了这些片段，接着说：

法官先生们，为了庄重起见，我不便再继续向各位传达这个可耻的理想主义疯子的供述。但是我想，我刚才读给各位听的这些片段，已经足够用来评判这个精神病的案例，在我们这个充满精神错乱和腐化堕落的歇斯底里的时代，这种情况并不像人们想象的那么罕见。

所以我认为，在她的丈夫精神奇特失常致使她所处的状况下，我的女顾客比其他女人都更有权要求离婚。

谁知道呢？*

* 本篇首次发表于一八九〇年四月六日的《巴黎回声报》；同年首次收入维克多·阿瓦尔出版社出版的莫泊桑小说集《无用的美貌》。

1

我的天主！我的天主！这么说，我终于要把我遇到的事写出来了！可是我做得到吗？我敢吗？这件事是那么怪诞，那么离奇，那么费解，那么不可思议！

若不是我确信我所见到的是实事，确信我的推理没有任何漏洞，我的认知没有任何缺陷，我的持续连贯的观察中没有任何空白，我真会以为这只不过是自己爱幻想，是受了某种奇怪的幻觉的作弄。总之，谁知道呢？

我今天是在一家精神病院里；不过我是自愿进来的，出于谨慎，也由于害怕。只有一个人知道我的故事：这里的医生。我要把它写出来。我不大清楚为什么？为了摆脱它，因为我感到它总在我心里，就像一个难以忍受的噩梦。

下面就是这个故事：

我从来就是一个孤僻的人，一个爱幻想的人，一个孤立、和善、容易知足，既不怨天也不尤人的哲学家。别人在身旁，我会感到不自在，因此我总是离群索居。如何解释这种情况呢？我没法解释。我并不拒绝和世人交往、交谈，也不拒绝和朋友们共进晚餐，但是当我感到他们在我身旁待的时间久了，哪怕是最亲密的朋友，也会让我厌倦、疲劳，搅得我心神不宁，会让我有一种越来越强烈的愿望，巴不得他们走，或者我走，总之我要独自待着。

这愿望不只是一般的需要，而是一种不可抗拒的必需。我和一些人在一起，如果他们老待在我身旁，我不但要听，而且还要久久地用心听他们谈话，毫无疑问，我就会出一个事故。什么事故？啊！谁知道呢？也许只不过是晕厥？是的，很有可能！

我是那么喜爱独处，我甚至无法忍受其他人跟我做邻居、跟我住在同一个屋顶下；我不能住在巴黎，在那里我会永远处在崩溃状态。我不但精神上苦闷得要命；

在我周围麇集、生活的庞大人群，即便它在睡觉，对我的身体和神经也是残酷的折磨。啊！其他人睡觉，比他们说话更让我痛苦。当我知道、感觉到隔着一面墙，有一些由于意识有规则地休眠而中断的生命，我就永远得不到休息。

为什么我会是这样？谁知道呢？原因可能非常简单：我对于自己身外发生的一切都会很快感到厌倦。再说，有我这种情况的人很多。

世界上有两种人。一种人需要其他人，其他人让

他们得到消遣,让他们没有空闲,也让他们得到休息,而孤独就像攀登可怕的冰川或者穿越沙漠一样,让他们疲惫不堪、精疲力竭、萎靡不振。另一种人,与此相反,其他人令他们疲倦、厌烦、局促、心力交瘁,而孤独却让他们在思想的独立和放纵中获得安宁和充分的闲适。

总之,这是一种正常的精神现象。一些人天生适合外在的生活,而另一些人适合内在的生活。我呢,我对外界的注意力是短暂的,而且很快就会疲惫;一旦它达到了界限,我的整个身体和精神就会感到难以忍受的烦躁。

结果是:我喜爱,或者说我曾经非常喜爱无生命的东西,对我来说,它们像有生命的东西一样重要;我的住房成为,或者说曾经成为一个世界,我在里面过着孤独而又活跃的生活;我生活在物品、家具、日常小摆设的包围中,在我眼里它们像人的脸一样可亲。我一点点用它们把我的住房塞满,把我的住房装饰起来;我在里面感到满意、满足、十分幸福,就像在一个可爱的女人的怀抱中,她的熟悉的温存已经成了一种安详和

温柔的需要。

  我让人把这座房子建在一个美丽的花园里，和大路隔开；不过它又坐落在一个城市的门口，如果我偶然有了兴致，就可以去城里进行必要的社交活动。我的仆人们全都睡在菜园深处，离我老远的一座房子里，菜园四周还有高墙。我的住房偏僻，隐蔽，沉浸在参天大树的荫庇下，一片寂静；夜间黑暗的重围让我感到无比舒适和甜美，为了能享受得久一些，我每天晚上都拖延几个钟头才上床睡觉。

那一天,城里的剧场上演《希古尔》①。我还是第一次听这出美妙精彩的音乐剧。我从中获得了莫大的欢乐。

我迈着轻松的脚步走回家,脑海里回响着悠扬的乐曲,眼前萦绕着动人的场景。天已经很黑很黑,黑得几乎认不出大路来,我好几次险些栽到路边的沟里。从入市税局到我家大约有一公里,也许稍多一点,反正慢步要走二十分钟。那时已经半夜一点钟,一点钟或者一点半钟,我前面的天空已经开始泛亮,新月,凄凉的下弦月,已经出来了。傍晚四五点钟升起的上弦月是明亮、愉悦、涂着银色的,但是午夜后升起的下弦月是淡红色的、忧郁的、令人不安的;这是不折不扣的巫魔夜会②时的下弦月。所有夜间在外游荡的人都会注意到这一点。上弦月,哪怕细如游丝,射出的些许光线也是赏心

---

① 《希古尔》:法国作曲家厄耐斯特·雷耶尔(1823—1909)的四幕歌剧,根据斯堪的纳维亚半岛的一个历史传说创作。一八八五年六月十二日在巴黎歌剧院上演,在这以前曾在布鲁塞尔、伦敦和马赛上演,五年中屡获成功。
② 巫魔夜会:中世纪传说中巫师巫婆在魔鬼主持下的夜间聚会。

悦目的欢快的光线,在地上勾画出清晰的影子;而下弦月投下的只是一种无精打采的光亮,灰蒙蒙的,几乎没有一点影子。

我远远看见我的花园,黑压压的一片,想到自己就要进到那里面去,不知哪儿来的一种不舒服的感觉。我放慢了脚步。天气很暖和。那一大片树就像一座坟墓,而我的住房就埋在里面。

我打开栅栏门,沿着通往我住房的那条长长的林荫路往里走。林荫路两旁种着悬铃木,树枝搭成弧形的拱顶仿佛一条高高的隧道,穿过一个个阴暗的树丛,绕过一片片草坪;在黯淡的夜色中,草坪上的花坛就像一个个色彩模糊的椭圆形的斑点。

离住房不远时,我突然感到一阵莫名其妙的慌乱。我停下来。什么声音也没听见。树叶丛中一丝风息也没有。我想:"我这是怎么啦?"十年来我常这样回来,从来也没有感到过一点不安。我没有害怕过。夜里,我从来也没有害怕过。要是看见一个人,一个偷庄稼的人,一个窃贼,我一定会拧眉立目,毫不犹豫地扑上去。何况我带着武器。我带着手枪。不过我根本没有碰它,因为我想克服正在我身上萌生的这种恐惧感。

这是怎么回事呢？难道是一种预感？那种人们就要看到不可解释的事物以前，控制了他们感官的那种神秘的预感？真是这样吗？谁知道呢？

我越往前走，我的皮肤战栗得越厉害。等我走到护窗板都关着的宽阔的房子跟前，我觉得需要等几分钟再开门进去。于是我在客厅窗户下面的一张长凳上坐下。我待在那儿，微微发抖，头靠在墙上，睁大眼睛看着树叶的影子。起初我并没有发现周围有任何异常的情况。我耳朵里有一些嗡嗡声，不过这是我常有的事。我有时似乎还听到火车经过，听见铃声，听见人群走动。

过了不久，这些嗡嗡声变得更清晰，更明确，更容易辨认。我错了。这不是平时我的嗡嗡响的动脉灌进耳朵的噪声，而是一种很特殊又很混乱的响声；而且毫无疑问，它是从我住房里发出来的。

我隔着墙分辨着这持续的响声，与其说是响声不如说是一种骚动，是一大堆东西在隐隐约约地蠕动，仿佛有人在轻轻地摇晃、挪动、拖拽我所有的家具。

啊！有好一会儿工夫，我甚至怀疑自己的耳朵是

否可靠。不过，我把耳朵贴着一扇护窗板，聚精会神地分辨房子里的奇怪的混乱，我依然肯定并且确信家里发生着某种不正常和不可理解的事。我并不害怕，但是我……怎么解释呢？……我惊讶极了。我并没有给手枪上膛——因为我料想没有这个必要。我等着。

我等了很久，不知如何是好，虽然头脑清楚，但是内心惶惶不安。我站在那儿等着，始终倾听着那越来越大的响声，这响声有时是那么激烈铿锵，仿佛变成了一片急躁、愤怒和神秘的骚乱的隆隆声。

后来，我突然为自己的胆怯而感到羞愧，于是掏出了钥匙串，选出需要的那一把钥匙，捅进锁眼，转了两转。我使出浑身力气推开门,把一扇门撞到了隔墙上。

这一下碰撞声就像一声步枪的枪声;这爆响声居然在我的住房里从上到下掀起一片可怕的喧嚣。这轩然大波,是那么突然,那么猛烈,那么震撼,我不禁后退了几步;尽管觉得没有用,我还是从枪套里拔出了手枪。

我又等待,啊!只一会儿,我就听出在我楼梯的阶梯上,在地板上、地毯上有不寻常的踏步声,不是人穿的皮鞋、便鞋,而是拐,木拐、铁拐的踏步声,像铙钹一样铿锵震耳。就在这时,我突然看见门口有一把扶手椅,一把我读书时坐的大扶手椅,正摇摇摆摆地走出来。它穿过花园往前走去。另一些扶手椅,我客厅里的,跟在它后面;接着是低矮的长沙发,向前挪腾着,就像短腿爬行的鳄鱼;再后面是我所有的椅子,像山羊似的蹦蹦跳跳;还有那些小凳子,像兔子一样碎步小跑。

啊!多么令人震惊哟!我溜进一个树丛,蹲在那里凝神观望着这些家具的游行,眼看着它们全都走了,一个跟着一个,按照它们的个头和重量,有的走得快,有的走得慢。我的钢琴,我的三角钢琴,像烈马一样狂奔,胸膛里发出喃喃的音乐声。刷子、水晶器皿、高脚酒杯这样的小物件,就像蚂蚁一样在沙子上向前滑行,月光为它们点缀上萤火虫的磷光。帷幔在匍匐前进,像海里的章鱼一样摊开。我看见我的书桌走出来,那是上个世纪的一件稀有的摆设,里面装着我收到的所有信件,我全部的爱情故事,一段曾经让我心碎的旧事!里面还有一些照片。

我突然不再恐惧,向那书桌冲过去,像抓一个小偷、抓一个逃走的女人似的抓住它。但是,尽管我使尽了力气,它仍然势不可挡地向前奔跑;尽管我火冒三丈,我甚至不能让它慢点儿走。我奋不顾身地抵抗着这股可怕的力量,扑倒在地上和它搏斗。它居然把我打翻在地上,拖着我在沙子上走;而那些跟在它后面的家具开始践踏我的身子,踩我的腿,把我弄得遍体鳞伤;后来我松开了书桌,其他的物件便踩着我的身子走过去,犹如一支冲锋的骑兵部队从一个落马的士兵身上踏过。

我吓坏了,爬到大林荫路外面,又躲到树丛里,看着那些最菲薄、最微小、最不起眼，属于我但连我也不知道的东西走得无影无踪。

接着，我远远地听见，在我那现在像一般空房子一样回音很响的住房里，发出可怕的关门声。从楼上到楼下的门依次关闭，直到前厅的门，那是我被弄得晕头转向之际为这场大逃亡亲手打开的。

我也逃走了，向城里跑去，一直跑到大街上，遇见一些迟迟未归的人，这才冷静下来。我走到一家认识我的旅馆，拉响了门铃。我用手掸着衣服上的尘土，对人说我把钥匙串丢了，其中有开菜园门的钥匙，我的仆人们都住在菜园的一所孤立的房子里，有围墙围着，防止偷庄稼的人偷我的水果和蔬菜。

旅馆的人给我安排了一张床，我连眼睛都埋进了被窝。但是我睡不着，我一边听着自己心跳一边等着天明。我已经吩咐天一亮就通知我的仆人，我的贴身男仆，要他七点钟就敲响了我的房门。

他看上去满脸惶恐。

"老爷，昨天夜里出了一件非常不幸的事。"他说。

"什么事？"

"老爷的家具，所有的，所有的，直到最小的物件，都被盗了。"

听到这个消息我很高兴。为什么？谁知道呢？我很能控制自己，确信自己能够隐瞒、不告诉任何人我所看到的事，能够把它掩藏起来，像一个可怕的秘密一样埋在我的心底。我回答：

"这么说，偷了我的钥匙的就是这些人啰。你要立刻去警察局报案。我这就起来，过一会儿就去那里找你们。"

侦查进行了五个月。什么也没有发现，连我的一件最小的摆设、连盗贼的一点最细微的蛛丝马迹也没有找到。当然啰！如果我把知道的情况说了出来……如果我说了出来……他们关起来的就不是小偷，而是我，一个能看见这样一桩怪事的人。

啊！我会保持沉默。但是我再也不给我的住房添置家具。那没有好处。这种事只会一再重演。我再也不愿意回那里去。我没有回去过。我没有再见过它。

我来到巴黎，住在旅馆里。我去看过几位医生，请他们检查我的精神状况，因为从那个可悲的夜晚之后它让我很不安。

他们劝我去旅行。我接受了他们的建议。

2

我首先去了意大利旅行。太阳对我很有好处。在六个月的时间里,我从热那亚到威尼斯,从威尼斯到佛罗伦萨,从佛罗伦萨到罗马,从罗马到那不勒斯①。接着,我遍游了西西里②,这块土地以其自然和古迹——希腊人和诺曼人③的遗迹而令人赞叹。我又从那里前往非洲,一路平安地穿过宁静的黄色大沙漠,那里游荡着骆驼、羚羊和流浪的阿拉伯人;在清新爽朗的空气里,无论白天还是黑夜都没有任何摆脱不掉的烦恼。

我在马赛登陆回到法国。尽管普罗旺斯景色宜人,

---

① 热那亚、威尼斯、佛洛伦萨、罗马、那不勒斯均为意大利的重要古城。
② 西西里:意大利的一个地区,地中海上的最大的岛屿,首府是巴勒莫。
③ 诺曼人:现指法国诺曼底地区居民,但原意为"北方人",只来自斯堪的纳维亚半岛的维京人,这些海盗劫掠欧洲西部,在诺曼底定居下来,同化为诺曼人;其中一部分继续远征英国、意大利等地。西西里也曾在十一世纪被诺曼人占领,成立西西里王国。

但是天空的阳光少了，不免令我沮丧。重返大陆，我又有一种奇特的感觉，仿佛一个病人自以为已经痊愈，但隐约的疼痛却告诉他病灶并没有消失。

接着我又到了巴黎。我在那里过了一个月就厌倦了。那时是秋天，我还没有去过诺曼底①，我想在冬季到来之前去诺曼底一游。

当然啰，我从鲁昂②开始。在一周的时间里，我把这座中世纪城市，这座非凡的哥特式古建筑的令人惊叹的陈列馆游了个遍，无忧无虑，兴高采烈，心醉神迷。

然而，一天下午，将近四点钟的光景，我走进一条奇怪的街道，街心有一条水沟，叫"罗贝克水"，沟里的水像墨水一样黑③。我的注意力本来集中于那些奇特

---

① 诺曼底：法国西北部的一个具有历史和文化传统的地区，西临拉芒什海峡，地域大致相当于现在的诺曼底大区，包括奥恩省、卡尔瓦多斯省、芒什省、滨海塞纳省和厄尔省。

② 鲁昂：法国西北部的重要都会，原为诺曼底省省会，现为诺曼底大区首府和滨海塞纳省省会。

③ 罗贝克水街是鲁昂最古老的街道之一，以街上的一条名叫"罗贝克水"的水沟得名，街两旁文艺复兴时代的房屋鳞次栉比。这条水沟和这条街今日尚存。

而又古老的房屋的外貌，现在突然被转向一家挨一家的一连串的旧货店。

啊！他们真会选地方，这些肮脏的旧货商，把店开在这样一条怪异的小街上，脚下是一道阴森的流水，头上是瓦和石板瓦的尖屋顶，昔日的风标还在屋顶上咯吱作响呢。

从街上看得见阴暗的店铺深处摆满了雕花的老式衣柜，鲁昂、纳维尔①、穆斯吉埃②的彩色陶器，基督、圣母和圣人的彩色塑像，还有他们的橡木雕像，教堂的装饰品，祭披，长袍，祭器乃至木质涂金的古老圣体龛，只

---

① 纳维尔：法国中部市镇，是传统的陶瓷生产地。
② 穆斯吉埃：全名"穆斯吉埃－圣玛丽"，法国东南部下阿尔卑斯山地区的一个市镇，以彩陶产品著称。

不过天主已经不住在龛里了。啊！这些高大的房屋构成的奇特洞穴，从地窖到顶楼，装满了各种各样的物件。这些物件的生命似乎已经结束，但是它们却比它们最初的主人，比它们时兴的那个世纪、那个时代、那个样式活得长久，作为稀罕物被一代又一代地传购。

在这古董的乐园里，我对摆设的爱好又觉醒了。我从一个店铺走到另一个店铺，两步就跨过罗贝克水上的小桥，那一座座小桥是用四块令人作呕的朽木铺成的。

天哪！太让人震惊啦！我的一个最漂亮的衣橱竟然出现在一条拱廊的边上，那拱廊里堆满了物件，就像一个旧家具墓地的地下洞穴的入口。我浑身战栗地走过去；我战栗得那么厉害，甚至不敢去摸它。我把手伸过去，但又犹豫不决。不过，那确实是它，一件路易十三式的衣橱的孤品，无论是谁，只要见过它一次，就能认出它来。我突然把目光投向稍远的地方，在这条拱廊的更昏暗的深处，眺见了我的三把针钩绒绣面的扶手椅。接着，再远些，是我的两张亨利二世式的桌子，可谓稀世珍品，甚至曾经有人专程从巴黎来一睹为快呢。

您想想看！您想想看我那时的心情！

我再往前走,虽然已经目瞪口呆,紧张得要命,不过我还是往前走,因为我是勇敢的,我就像黑暗时代①的一个骑士深入巫术之乡。我一步步往前走,发现所有我丢失的东西都在那里:我的分枝吊灯,我的书,我的画,我的帷幔,我的兵器,全在那里,只是没看见装满我的信件的书桌。

我走呀走,先下到几条昏暗的走廊,然后又上了几层楼。只有我一个人。我叫喊,没有人回答。只有我一个人;这宽阔而又像迷宫似的曲里拐弯的房子里没有一

---

① 指欧洲中世纪时期。

个人。

夜晚来临,我不得不摸着黑在我的一张椅子上坐下,因为我根本不想走。我不时地呼喊:"喂!喂!来人呀!"

我待在那儿,肯定有一个多小时,忽然听见不知从哪儿传来脚步声,轻轻的、慢慢的脚步声。我差一点逃跑;但是我挺住了,而且又呼喊起来。这时,我看到隔壁房间里有了亮光。

"谁在那儿?"一个声音问。

我回答:

"一个顾客。"

有人回答:

"这时候来店里,太晚了。"

我回答:

"我已经等您一个多小时了。"

"您可以明天再来。"

"明天我就离开鲁昂了。"

我不敢往前走,他也不过来。我始终能看见他的灯光照着一张挂毯,挂毯上有两个天使在战场的死者上空飞翔。那也是属于我的。我说:

"喂！您过来好吗？"

他回答：

"我等您。"

我站起来，向他走去。

一个大屋子中间有一个非常矮的人，非常矮，但是很胖，胖得像一个怪物，丑陋不堪的怪物。

他那撮胡子很少见，长短不齐，稀稀拉拉，是淡黄色的；脑袋上没有一根头发！没有一根头发！他用胳膊把蜡烛举得高高地看我；在我看来，他的脑袋就像这装满旧家具的大房间里的一颗小月亮。他的脸布满了皱纹而且浮肿，眼睛小得几乎看不见。

我跟他讨价还价，买下了属于我的三把椅子，并且马上付给他一大笔钱，不过我只把旅馆的房间号告诉了他。椅子应该在第二天上午九点钟以前送到。

然后我就往外走。他恭而敬之地把我送到门口。

我紧接着就去找警察总局局长，向他叙述了我的家具被盗的事和我刚才的发现。

他当即打电报向负责调查这起窃案的检察官了解情况，请我静候答复。一个小时以后，他得到了对我来说十分满意的答复。

"我这就派人去抓这个人,并且立刻审问他,"他对我说,"因为他可能会起疑心,把属于您的东西藏起来。请您先去吃晚饭,过两个小时再来,那时我已经抓到他,并把他带到这里,我要当着您的面再审问他一次。"

"好极啦,先生。我衷心感谢您。"

我去旅馆吃晚饭,没想到吃得这么香。不管怎么说,我还是相当的高兴。他们抓到他了。

两小时以后,我回到警察局长那里。他正等着我。

"唉!先生,"他见我来了,说,"我们没有找到您说的那个人。我的人没能抓到他。"

"啊!"我简直要晕过去了。

"不过……您一定找到他的房子了吧?"我问。

"当然啦。我还要派人监视和把守,一直到他回来。至于他,失踪了。"

"失踪了?"

"失踪了。他平常在邻居毕杜安寡妇家过夜。她也是一个旧货商,一个古怪的巫婆。她今天晚上没有见到他,不能提供关于他的任何情况。只好等到明天了。"

我走了。啊！在我看来鲁昂的街道是多么阴森，多么可怕，有多少鬼魂在这里作怪啊！

我睡得很糟，一次次被噩梦惊醒。

我不愿显得过分焦躁和着急，所以第二天等到十点钟才去警察局。

旧货商没有再露面。他的铺子还关着门。

警察局长对我说：

"我已经采取了一切必要的措施。检察院也知道了这件事。我们现在一起去这家铺子，让人把门打开，您把所有属于您的东西都向我指认一下。"

一辆双座四轮轿式马车把我们载去。几个警察和一个锁匠站在这家店铺门口。门被打开了。

可是进去以后我并没有看到我的衣橱、我的扶手椅、我的桌子；从前布置在我房子里的那些家具，我一件也没有看见，一件也没有。而前一天晚上，我每走一步都能看到我的一件物品。

警察总局局长大感意外，开始用怀疑的眼光看我。

"我的天主，先生，"我对他说，"这些家具的失踪和商人的失踪真是奇怪的巧合。"

他微微一笑：

"的确如此！昨天，您不该买那几件属于您的摆设，而且还付了钱。这引起了他的警惕。"

我接着说：

"在我看来更不可思议的是，原来放我的家具的地方现在都填满了别的家具。"

"啊！"警察局长说，"他有一整夜的时间，大概还有几个同谋。这座房子很可能和别的房子相通。先生，请不要担心，我会积极地办理这个案子的。既然我们把守着贼窝，强盗逃脱不了。我们抓捕的时间不会很长。"

*****

啊！我的心，我的心，我可怜的心，它跳得多么厉害！

*****

我在鲁昂逗留了十五天。那个人仍没有回来。唉！唉！这个家伙，谁能奈何他、抓住他呢？

不料，第十六天早上，我收到我的园丁的一封信，我的房子遭劫后一直是他看守着那座空房子。这封奇怪的信这样写道：

老爷，

我荣幸地禀告老爷，昨天夜里发生了一件任何人都不理解，警察也和我们一样不理解的事。所有的家具都回来了，所有的，无一例外，直到最小的物件。房子现在和盗窃案发生前一天完全一样。这简直让人发疯。这件事发生在星期五到星期六的那个夜晚。路面都被弄得坑坑洼洼，就好像所有的东西都是从栅栏门拖到房门口的。丢东西那天的情形也是这样。

我们敬候老爷回来。

您最谦恭的仆人

菲利普·劳丹

啊！不，啊！不，啊！不，我绝不回去！

我把这封信交给了鲁昂警察局长。

"这是一次巧妙的物归原主，"他说，"我们要不动声色。几天之内我们准能抓到这个人。"

*****

可是,不,他们没有抓到他。没有。他们没有抓到他。我现在很怕他,就好像他是一头被放出来追赶我的猛兽。

找不到!这个脑袋像月亮的怪物,找不到!他们永远也抓不到他。他也绝不会再回来。他才无所谓呢!只有我能遇到他,而我可不想遇到他。

我不想!不想!不想!

如果他回来,如果他回到他的店铺,谁能证明我的家具曾经在他那里呢?对他不利的只有我的证词;而我清楚地感觉到我的证词已经被人认为可疑了。

啊!不!这种生活再也不能忍受。我不能再保守我所看到的秘密了。如果总怀着对这样的事会重演的恐惧,我将无法像所有人那样正常地生活。

于是我来找主持这家精神病院的医生,把事情原原本本告诉了他。

他询问了我很久,然后对我说:

"先生,您愿意在这儿待一段时间吗?"

"当然愿意,先生。"

"您有财产吗?"

"有,先生。"

"您愿意住一座独立的病房吗?"

"愿意,先生。"

"您愿意接待朋友吗?"

"不,先生,不,任何人也不接待。鲁昂的那个人为了报复我,很可能追到这儿来。"

*****

就这样,三个月以来,我独自一人,独自一人,绝对地独自一人待在这里。我几乎已经恢复平静了。我只怕一件事……要是那个旧货商发疯了……如果他也被送到这家精神病院来……哪怕监狱也不保险。